Contraste insuffisant
NF Z 43-120-14

Illisibilité partielle

Couvertures supérieure et inférieure
en couleur

St Suaire de Lirey-Chambéry-Turin

ET

les Défenseurs de son Authenticité

PAR

Le Chanoine Ulysse CHEVALIER

Correspondant de l'Institut

PARIS

ALPHONSE PICARD ET FILS, LIBRAIRES

82, RUE BONAPARTE

1902

(9)

Du même Auteur

BIBLIOTHÈQUE LITURGIQUE

BIBLIOTHÈQUE LITURGIQUE

TOME CINQUIÈME — 3ᵉ LIVRAISON

LE

Sᵗ Suaire de Lirey-Chambéry-Turin

ET

les Défenseurs de son Authenticité

PAR

Le Chanoine Ulysse CHEVALIER

Correspondant de l'Institut

PARIS

ALPHONSE PICARD ET FILS, LIBRAIRES

82, RUE BONAPARTE

—

1902

Imprimatur.

Valentiæ, die 31ª decembris 1901.

L. Chosson, vic. gen.

LE

St Suaire de Lirey–Chambéry–Turin

ET

Les Défenseurs de son Authenticité

Audendum est ut illustrata veritas pateat
multique ab errore ... liberentur.
(LACTANCE, *Div. instit.*, l. IV, *De vera sap.*, c. 5.)

Si l'*Etude critique* sur le Suaire de Turin n'avait donné lieu à
des attaques dont la responsabilité peut remonter assez haut,
l'auteur n'aurait pas songé à la défendre ni à se prévaloir des
éloges et de l'assentiment dont elle a été l'objet dans le monde
savant. Aucune réserve n'y a été faite sur la force probante de sa
démonstration. A peine si un ami et une revue ont exprimé le
regret que le polémiste ait été un peu trop mordant à l'égard de
ses contradicteurs ; à l'exemple de l'abbé Misset, il pourrait dire :
j'en fais ma coulpe, mais sans ferme propos. Les appréciations
favorables sont venues de camps parfois bien opposés.

Comme il était prévu, les Bollandistes ont été catégoriques :

..... Le docte chanoine avait provoqué ses adversaires à exhumer
des documents inédits en faveur de leur thèse ; il constate qu'ils n'ont
pas produit une ligne, alors que lui n'a pas eu de peine à en réunir
une trentaine, dont quelques-uns sont des plus intéressants. Il s'est
empressé d'en publier le texte, précédé d'une étude qui est définitive,
et après laquelle il ne reste plus qu'à proclamer « à haute et intelli-
gible voix », comme le voulait le pape Clément VII : *Haec figura....
non est verum sudarium Domini Nostri Iesu Christi.* L'auteur a bien
fait de dire que l'assentiment des Bollandistes était acquis d'avance
à ses conclusions. En effet, abstraction faite des circonstances aggra-
vantes du cas présent, aucun homme ayant parcouru avec quelque

attention l'inventaire des reliques que nous a léguées le moyen âge, ne pourrra éprouver la moindre hésitation ; il connaît la valeur des pièces réputées les plus vénérables de ce déplorable héritage, et il peut prévoir d'avance le résultat d'une enquête menée avec les procédés strictement historiques. On le sait, il répugne à beaucoup d'âmes droites, mais peu au courant des mœurs de nos ancêtres, de prêter à ceux-ci le degré de simplicité ou de perversité qu'il faut nécessairement supposer pour expliquer un certain nombre de faits se rattachant au culte des reliques. L'ouvrage de M. Ch. est on ne peut mieux conçu pour les édifier sur cette matière. [Suit en abrégé] L'histoire de « l'image du Suaire ».... Nous nous associons de grand cœur à ce vœu qu'exprime, d'une façon charmante, M. Ch. à la fin de son étude : que la critique historique vienne reprendre, tranquille, résolue, bien accueillie de tous, la stalle que la crédulité s'est appropriée dans le chœur de l'église (1).

Les Bénédictins de Maredsous mêlent, à une adhésion sans réserve, des réflexions analogues à celles de leurs collègues de Bruxelles :

La réponse de M. Chevalier à la brochure de M. Loth ne s'est pas fait attendre longtemps et elle est péremptoire. L'origine du Suaire de Lirey, transporté plus tard à Chambéry et vénéré aujourd'hui à Turin, est exposée à l'aide de nombreux documents authentiques, qui permettent d'établir que ce suaire est une peinture..... Le travail de M. le chan. Chevalier est très bien documenté ; il donne dans leur texte intégral les actes qui se rapportent à cette relique ; on suit le suaire de Lirey dans toutes ses péripéties, année par année, pourrait-on dire, de façon à ne pas le perdre de vue. Ce petit travail se recommande à tous ceux qui veulent être édifiés sur les procédés de certaine catégorie d'écrivains, qui remplacent par les brillantes inventions de leur imagination les patientes et salutaires recherches de l'érudition ; il sera fort utile aux personnes plus crédules que pieuses, qui ont faim et soif du merveilleux plutôt que du surnaturel et que les duperies des dernières années ne sont pas parvenues à corriger. Les réflexions que l'auteur a semées çà et là au cours de son travail peuvent leur servir comme sujet de méditation. Souhaitons qu'elles leur suggèrent des résolutions efficaces (2).

(1) *Analecta Bollandiana*, 1900, t. XIX, p. 350-1.
(2) *Revue Bénédictine*, 1900, t. XVII, p. 445. — Dans un article précédent, dom U. B[ERLIÈRE] avait rappelé à M. Loth les droits de la critique : « On doit regretter de voir les catholiques qui doutent de l'authenticité du Suaire de Turin traités de « critiques inconsidérés », d'entendre dire que « la piété des fidèles a même été déroutée par cette critique malencontreuse ». On peut être excellent catholique sans croire à l'authenticité du Suaire de Turin, et je ne sais pourquoi l'on violerait les règles élémentaires de la critique en demandant aux textes, aux autorités du dehors ce qu'il faut penser même d'un phénomène qu'on a devant les yeux. Il y avait là un problème histo-

L'*Etude critique* a eu l'honneur d'être présentée à l'Académie des inscriptions et belles-lettres par M. Léopold Delisle, considéré en Europe comme le Nestor de l'érudition et dont la critique pénétrante n'a jamais été surprise en défaut :

L'auteur, dit le compte rendu, avait communiqué un résumé de ce travail au dernier congrès des Sociétés savantes. Tous ceux qui l'avaient entendu avaient été frappés de la solidité des arguments invoqués pour démontrer la fausseté du Saint Suaire de Turin. Les textes que M. le chanoine Ulysse Chevalier a joints à sa dissertation ne peuvent laisser le moindre doute dans l'esprit des lecteurs. Nous y suivons année par année, pour ainsi dire, les vicissitudes de cette relique depuis le jour où un doyen de la collégiale de Lirey la fit fabriquer frauduleusement dans un atelier champenois, au milieu du xiv° siècle, jusqu'à nos jours. Justice est faite des arguments qu'on a prétendu tirer d'une épreuve positive obtenue par la photographie. Le mémoire de notre savant correspondant n'est pas simplement l'histoire d'une très célèbre relique, dont la fausseté est établie d'une façon irrécusable. Il se recommande encore par des considérations générales d'une haute portée sur la critique avec laquelle doit être traitée l'histoire des reliques, et notamment des reliques de la Passion (1).

Pour ce dernier motif M. Delisle a tenu à entretenir de cette *Etude* les lecteurs du *Journal des Savants* ; il l'a fait en termes qui ne font point double emploi avec la note précédente :

Cette remarquable dissertation a pour objet une relique qui jouit d'une très grande célébrité : le Saint-Suaire conservé dans l'église de Turin. L'auteur a démontré par des arguments irréfutables que ce suaire, primitivement déposé dans l'église de Lirey en Champagne, est tout simplement une représentation, faite au xiv° siècle, du linceul dans lequel Notre-Seigneur fut enseveli. Cette thèse avait déjà été soutenue, notamment par M. l'abbé Lalore ; mais M. le chan. Chevalier l'a corroborée par des arguments nouveaux, et il a réduit à néant les objections qui lui avaient été opposées dans ces derniers temps. La thèse de M. l'abbé Lalore et de M. le chanoine Chevalier doit donc être considérée comme définitivement établie. Là ne se borne pas le mérite du travail que nous annonçons. Ce que nous tenons à y signaler, ce sont de très judicieuses observations, d'une

rique à élucider. M. Chevalier a tâché de le faire avec l'érudition consciencieuse qu'on lui connaît. Qu'il ait pu se tromper, c'est ce que lui-même serait sans doute le premier à déclarer ; qu'il se soit réellement trompé, c'est ce qu'il fallait montrer, mais en respectant son honorabilité scientifique et en reconnaissant l'orthodoxe légitimité de son examen » (p. 327).

(1) *Journal officiel*, 3 sept. 1900, p. 5982 ; *Comptes rendus de l'académie des Inscriptions et Belles-Lettres*, 1900, p. 437.

haute portée, sur la critique qui doit servir de base à toute histoire
de reliques. A ce titre, l'étude de M. le chanoine Chevalier doit être
tout particulièrement recommandée à l'attention de quiconque
s'occupe de ce genre de questions. Il faut espérer qu'elle exercera une
très salutaire influence : la méthode que nous y voyons préconisée
devra prévaloir à l'avenir. C'est d'ailleurs la doctrine que professent
les Bollandistes, et les savants auteurs des *Analecta Bollandiana*
viennent, à ce propos, de rappeler une protestation du P. Papebroch,
qui aurait pu servir d'épigraphe à la dissertation de M. le chanoine
Chevalier : « Procul ab hac pietate vera christiana est pietas (si tamen
hoc nomine appellari ipsam liceat) vulgi et fere muliercularum, quæ
in falsa objecta, et sæpe cum superstitione aliqua conjuncta, tendit ;
quam dedocere homines omni tempore conati sunt ecclesiæ ponti-
fices, concilia, episcopi, concionatores et scriptores catholici ; falsitas
objectorum laudabiliter plerumque ab omnibus detegitur, et ab
aliquibus qui curam animarum habent detegi etiam necessario debet,
quotiescumque talium notitiam ipsi acquisiverunt » (1).

Parmi les autres comptes rendus il suffira de citer ceux qui se
recommandent par la notoriété des auteurs ou des revues.

Mgr Charles-Félix BELLET, protonotaire apostolique, dans *Semaine religieuse du diocèse de Valence* (1900), XIᵉ an., p. 557-60 ;
La Revue catholique... du diocèse de Troyes (1900), 37ᵉ an., p. 561-3
et 576-7 ; *Revue du clergé Français* (1900), t. XXIII, p. 415-8 ;
Moniteur bibliographique (1900), IXᵉ an., p. 277-9 :

... Etude critique très approfondie, constamment appuyée sur
des documents inédits, dont quelques-uns de la plus haute importance... Bonne action scientifique... : c'est enlever à nos adversaires
une arme perfide, que de renverser une opinion fausse, démentie
par les faits et où, disons-le bien vite, la foi n'est nullement en
cause... Acte de loyauté intellectuelle, dont la défense vraie de nos
croyances ne peut que bénéficier dans une mesure appréciable.

M. l'abbé BOUDINHON, professeur de droit canon à l'Institut catholique de Paris, dans *Le Canoniste contemporain* (1900), XXIIIᵉ
an., p. 641-51 :

,.. La question, purement historique et critique, de l'origine du
Saint Suaire de Turin, peut être débattue en toute liberté, sans
crainte d'aller à l'encontre d'un enseignement, bien moins encore
d'une définition de l'Eglise, dès lors qu'on sauvegarde la légitimité
du culte relatif rendu aux reliques de la Passion ou à leurs repré-
sentations... On ne saurait mettre en doute la parfaite rectitude
d'intention du savant auteur, uniquement préoccupé de découvrir et
de faire connaître la vérité. Contre ses documents, d'une incontes-
table authenticité, on n'a produit aucune pièce, aucun document

(1) *Journal des Savants*, sept. 1900, p. 560.

historique de nature à étayer la croyance commune ; les documents pontificaux, postérieurs au xve siècle, n'ont pas pour objet de se prononcer sur la nature de la relique, et s'inspirent uniquement de la pieuse croyance alléguée dans les suppliques. Quant à certaines doléances sur les excès de la critique moderne, elles sont parfaitement inutiles, pour ne pas dire déplacées.

M. A. Bruel, chef de section aux archives nationales de Paris, dans *Bibliothèque de l'Ecole des Chartes* (1901), t. LXII, p. 280-3 :

L'Etude... a été lue à la Sorbonne... et accueillie avec faveur... L'auteur nous paraît bien avoir montré dans son ensemble ce qu'il appelle « la vie d'une légende. » La relique du saint Suaire, dont l'origine véritable n'a pu être établie, a pris crédit peu à peu et a fini par passer pour authentique, grâce à la faveur populaire dont elle fut entourée à partir du xve siècle. La pensée intime et le mobile de la conduite de M. le chanoine Chevalier se trouvent dans cette phrase... : « Les traditions sont respectables quand elles sont vraies ; mais c'est un devoir de conscience de les déposséder de la place qu'elles ont usurpée dans l'âme du public quand elles sont fausses ».

M. le chanoine James Condamin, professeur de littérature française à l'Université catholique de Lyon, dans *Moniteur bibliographique* (1901), X^e an., p. 145-8 ; *Revue du Lyonnais* (1901), 5e sér., t. XXXI, p. 451-6 :

La fausse relique de Turin. — ...Sans doute, le loyal et inflexible critique a, du même coup, terriblement ébranlé le crédit séculaire de la « tradition » Savoisienne. Mais, vraiment, faut-il donc tant s'en désoler ?... Je confesse volontiers que toute *tradition* est, en soi et « a priori », une chose fort respectable. A une condition, pourtant : c'est que, indiscutable à son point de départ, elle s'appuie, avant tout, sur un *fond* solide. Hors de là, ce qu'il plaît à quelques-uns de qualifier de la sorte peut bien être une pieuse et édifiante « relation », transmise en effet de bouche en bouche, à travers les âges ; mais, une « tradition », au sens critique et scientifique du mot, non pas ! Or, nous devons avoir le courage et la sincérité de l'avouer : au lieu de servir les intérêts de la Vérité, les traditions qui, faute de reposer sur une base inattaquable, ne sont que de *prétendues* traditions, lui sont, au contraire, préjudiciables de toute manière ...N'hésitons donc pas à le reconnaître : c'est avec des armes bien trempées, non avec des... fusils de bois, que l'on défend efficacement une cause. Celles dont s'est servi M. le chanoine Chevalier sont de l'acier le plus pur ; et la mâle dignité, la courtoisie « chevaleresque », avec laquelle il les a maniées ajoute encore un charme à l'intérêt, déjà très vif, de la chaude mêlée à laquelle nous fait assister sa magistrale *Etude*.

M. A. M. C. van Cooth, dans *De Katholiek, godsdienstig*

geschied en letterkundig maandschrift (Leiden, 1900), t. CXVIII, p. 510-4 :

De kanunnik Chevalier is een zeer kundig en bezadigd geschied-vorscher en geenszins een baldadig afbreker ; maar tot motto kiest hij het onvergankelijk woord van den ouden Tertulliaan : « Veritas nihil erubescit nisi solummodo abscondi ».

Menig behartigenswaardige wenk, die de schrijver deels aan de Bollandisten ontleent, deels zelf naar aanleiding van deze zaak en van eenige andere uit den laatsten tijd ten beste geeft, mogen ter overweging worden aanbevolen. Wat vroeger uitvloeisel was van geloof en daarom voedsel gaf aan oprechte godsvrucht, loopt thans wel eenig gevaar surrogaat te worden. En niet ten eenemale ontijdig is de waarschuwing tegen eene vroomheid, « qui consiste moins dans la pratique des vertus évangéliques et des conseils de perfec-tion que dans la créance, le fidéisme aux choses les plus merveil-leuses ».

M. l'abbé A. Degert, professeur de littérature à l'Institut catho-lique de Toulouse, dans *Le Moniteur universel* (27 octobre 1900):

La vie d'une légende et l'histoire d'une relique. — Il est bon, il est salutaire que la dévotion des fidèles soit de temps en temps mise en garde contre ses propres entraînements.... Repoussée d'abord comme apocryphe, tolérée ensuite comme une simple copie, elle [la relique de Turin] finit par se faire accepter comme un ori-ginal, comme une œuvre « d'intervention surhumaine », et il devient sacrilège d'y toucher ! Heureusement qu'en dépit de tous ces ana-thèmes de mystiques emballés ou de fanatiques prévenus, la vérité ne perd jamais ses droits ; il se trouve encore parmi nous des criti-ques clairvoyants qui mettent au-dessus l'austère devoir, le pénible honneur de la servir. M. Chevalier est de ceux-là. Son ouvrage est mieux qu'une belle œuvre, c'est une bonne action....

Le même, dans *Bulletin de littérature ecclésiastique*, publié par l'Institut catholique de Toulouse (1901), p. 136-7 :

... La thèse est exposée et défendue dans le texte et dans les no-tes, si substantielles et si instructives, avec une clarté et une vigueur, qui forcent la conviction....

M. [Ernst] v[on] D[obschütz], dans *Literarisches Centralblatt für Deutschland* (1900), 51e an., c. 1851-2 :

... Bietet er Selbst in der vorliegenden Studie den glänzenden Be-weis für seine Behauptung, dass das angeblich durch Berührung mit dem Leichnam Jesu wunderbar entstandene doppelte Christus-bild auf diesem Tuche im 14. Jahrh. gemalt worden ist und anfäng-lich auch als nichts Anderes gegolten hat....

M. l'abbé V. Dubarat, aumônier du lycée de Pau, dans *Etudes historiques et religieuses du diocèse de Bayonne* (1900), 9e an., p. 180 et 522-4 :

... Il ne me semble pas qu'on puisse garder quelque doute après la lecture de cette lumineuse et magistrale étude... Outre les documents historiques, le savant chanoine donne en appendice l'ancien office du Saint Suaire, lequel, il faut le dire bien haut, ne prouve ni en faveur ni contre l'authenticité de la relique. L'Eglise, en dehors des faits dogmatiques, ne nous demande qu'une foi purement humaine dans les légendes et dans tout ce qu'elles disent relativement aux saints...

M. Paul FOURNIER, professeur de droit à l'Université de Grenoble, correspondant de l'Institut, dans *Bulletin critique* (1900), 2ᵉ sér., t. VI, p. 105-6 :

... Il résulte nettement de cette étude que pour l'historien, d'après nos sources actuelles, le Suaire de Turin ne semble pas avoir de titres à l'authenticité.

Dʳ FRANCUS [M. A. MAZON], dans *Le Clairon de l'Ardèche* (9 septembre 1900) :

... Certaines manifestations, par exemple les notices apologétiques sur le Saint-Suaire de Turin, ne sont pas de celles qui peuvent faire cesser les hésitations des protestants sincères disposés à se rapprocher du catholicisme ; elles sont, en tout cas, une arme dangereuse livrée aux ennemis de la religion. C'est pourquoi nous considérons les études du genre de celle de M. le chanoine Chevalier comme de véritables et très intelligents services rendus à la religion, et nous ne pouvons que louer ce dernier de sa courageuse intervention et le féliciter d'une critique historique qui nous paraît absolument décisive.

Mgr J. C. K. LAFLAMME, professeur à l'Université Laval à Québec (Canada), dans *Revue ecclésiastique* (Valleyfield, 1901), t. IX, p. 6-10 :

... Ce travail est absolument sans réplique. La partie documentaire est irréprochable, irréfutable.

M. Prosper LAJOYE, de Reims, dans *Etudes Franciscaines* (1901), t. V, p. 640-4.

C'est une réponse à l'argument photographique de M. A. Loth.

M. Léon LEVILLAIN, dans *Revue de l'histoire des religions* (1901), t. XLIII, p. 84-6 :

... M. Ch. ne laisse rien subsister des plaidoyers sans valeur de ses contradicteurs. Et si... « l'intelligence de la vraie science » fait défaut à quelqu'un, c'est à coup sûr à tous ceux qui, dans l'étude des documents, ne savent pas faire abstraction d'opinions arrêtées et le plus souvent préconçues... L'*Etude critique*... est un bon livre, dont on ne saurait trop recommander la lecture ; il est écrit par un savant qui sait être parfois amusant et qui manie l'ironie de façon redoutable pour ses adversaires.

*

L'abbé J. B. MARTIN, correspondant du Ministère de l'Instruction publique, professeur d'archéologie à l'Université catholique de Lyon, dans l'*Université catholique* (1900), t. XXXV, p. 458-60 :

... La discussion critique de M. Chevalier est suivie de plus de trente pièces d'appendice... Tant que les contradicteurs n'apporteront pas, eux aussi, des textes précis et se contenteront de généralités, de banalités, d'insinuations et de *peut-être*, leur argumentation ne pourra prétendre à quelque valeur historique et scientifique.

M. F. de MÉLY, dans *La Chronique des arts et de la curiosité* (1900), p. 303-4 ; *Revue critique d'histoire et de littérature* (1900), 2ᵉ sér., t. L, p. 504-8 ; Paris, 1900, gr. in-8º de 8 p. :

Les tenants pour l'authenticité du Saint Suaire de Turin doivent être aujourd'hui pleinement édifiés : le livre de M. l'abbé U. Chevalier est, en effet, de nature à satisfaire les plus difficiles. C'est une réponse très claire, très précise aux arguments tout de sentiment de M. Loth....

M. Aug. MOLINIER, professeur à l'Ecole des Chartes, dans *Revue historique* (1901), t. LXXV, p. 125-8 :

... M. l'abbé Chevalier vient de trancher définitivement la question dans un dernier mémoire, accompagné de toutes les pièces du procès, et la cause nous paraît définitivement jugée....

M. l'abbé Ch. NIORÉ, secrétaire général de l'évêché de Troyes, dans *La Revue catholique du diocèse de Troyes* (1899), 36ᵉ an., p. 466-7 :

... Le travail de M. le chanoine Ul. Chevalier, qui reproduit textuellement, avec diverses additions et annotations, celui de M. l'abbé Lalore, nous paraît historiquement irréfutable. Pour en affaiblir les conclusions, il faudrait découvrir des textes contraires remontant au XIVᵉ siècle, et c'est ce qui, nous le craignons, ne se produira pas.

Revue d'histoire ecclésiastique (Louvain, 1900), t. I, p. 594 :

On peut considérer la discussion comme close par les termes dont l'éminent directeur de la Bibliothèque nationale, M. Delisle, s'est servi en présentant un exemplaire de ce travail à l'Académie des inscriptions et belles-lettres.

M. l'abbé Louis ROBERT, du clergé de Paris, dans *l'Univers et le Monde* (7 juillet 1899 et 22 octobre 1900) :

... M. Chevalier... a conduit cette intéressante et actuelle étude critique avec sa haute sagacité et sa vaste science bibliographique habituelles, de nature à frapper l'attention des érudits.

... Remarquable travail, où les conclusions précédentes du docte chanoine sont maintenues et corroborées, les documents et appréciations des contradicteurs ruinés, autant que possible...

M. l'abbé Fr. RUHLMANN, vicaire à la cathédrale de Strasbourg, dans *Strassburger Diöcesanblatt* (1901), neue Folge, t. III, p. 9-15 (cf. 19) :

...Wir können also das Facit ziehen, dass nach den vorliegenden bis jetzt unwiderlegten Zeugnissen das Grabtuch zu Turin nur eine im XIV. Jahrhundert von einem Künstler verfertigte Reproduktion ist, welche das eigentliche Grabtuch Jesu vorstellen soll...

Stimmen aus Maria Laach, publiées par des Pères de la Compagnie de Jésus (1901), t. LXI, p. 226 :

Eine ernst wissenschaftliche Arbeit liegt hier vor, ausgerüstet mit einem wertvollen Anhang unantastbarer Urkunden.

Dans cette énumération, il manque — plus d'un lecteur en aura fait la remarque — des revues que leur spécialité religieuse amenait à parler de mon travail : sollicitées à le faire, elles ont préféré garder à son égard « de Conrart le silence prudent », n'ayant probablement pas d'arguments scientifiques à lui opposer. Je m'abstiendrai aujourd'hui de les citer (1). En Angleterre, le sentiment a été le même : les catholiques avaient sans doute peur de se compromettre ; les Anglicans sont indifférents au sort d'une relique. En Italie, je me suis butté à une fin absolue de non recevoir ; ces

(1) Il est un compte rendu de ma première brochure que je ne saurais passer sous silence, à raison de la « mentalité » dont il témoigne. Il a paru dans l'*Annuaire pontifical catholique*, par Mgr BATTENDIER (Paris, 1900, p. 581). Après avoir résumé l'état où le travail de l'abbé Lalore mettait la question, il conclut « que la question que Clément VII tranchait dans un sens négatif, mieux connue par ses successeurs, a été tranchée par eux dans un sens différent. Et comme il ne s'agit que de l'authenticité d'une relique, l'antilogie entre deux bulles de Pape n'existe pas ; elle marque seulement deux périodes différentes de l'étude d'un point historique. Enfin, il est bien permis de faire remarquer qu'il serait assez étrange que la divine Providence eût tant protégé, authentiqué par des miracles, une vulgaire reproduction du linceul du Seigneur, et laissé perdre complètement le linceul lui-même. Ce serait le premier exemple d'une pareille conduite appliquée aux reliques de la passion du Sauveur. »

En commentaire, je n'ajouterai que peu de lignes, tirées d'une brève annonce de ma *Renaissance des études historiques*, écrite par le même auteur 530 pages plus haut : « Dans ses 39 pages, l'auteur fait une histoire des recherches liturgiques en France, signale les ouvrages les plus récents, donnant à chacun les éloges et la critique qui lui conviennent. Et on sait qu'en fait de critique, la renommée de science de l'abbé Ulysse Chevalier lui permet de les distribuer avec l'autorité d'un maître dont tout le monde admet la compétence. » On m'excusera d'avoir reproduit pareil éloge à simple titre d' « antilogie ».

lignes d'un correspondant ami en diront la cause : « Che dirà
Ella mai del mio lungo silenzio ?... E pure che cosa dovrà ancora
più dire, quando sappia che fu provocato dal non avere trovato in
questa libera (!) Italia nè una rivista, nè un giornale quotidiano,
anche fra i liberali schietti, il quale abbia voluto far cenno del[la]
sua dotta pubblicazione *solo per non attirarsi ire* ? *!!...* » Il ne
déplaît pas de constater qu'un catholique aura été plus indépendant que les libres-penseurs pour apprécier un fait religieux con-
nexé à la politique.

Des éloges et appréciations par correspondance, il n'y a pas lieu
de parler : les uns sont d'ordinaire exagérés et les autres trop bien-
veillantes. C'est, en tout cas, une indiscrétion de les reproduire,
même par extrait, sans autorisation. Le lecteur eût été friand de
connaître le sentiment de S. E. le cardinal Parocchi, de Mgr
Douais, de Mgr Duchesne, de Mgr Battendier, du Dr Lapponi,
de MM. E. Allain, Edm. Bishop, A. Devaux, von Dobschütz,
Ant. Dubourg, H. Jadart, Lesserteur, P. Meyer, E. Misset,
G. Morin, G. Paris, Paul Sabatier, E. Travers, etc., etc.

L'auteur, on se le rappelle, avait offert de prendre pour juges de
la controverse, soit les Bollandistes, soit les membres de l'Académie des Inscriptions ; il ne pouvait proposer un tribunal offrant
plus de garanties de science et d'impartialité. On a vu plus haut
l'appréciation des RR. PP. Présentée au concours des Antiquités
nationales, l'*Etude critique* a obtenu, au milieu de nombreux concurrents, une médaille de 1000 fr. (22 juin). Le rapporteur,
M. Paul Viollet, l'a appréciée en ces termes (12 juillet) :

L'Académie connaît l'œuvre imposante et prodigieusement variée
de M. le chanoine Ulysse Chevalier. Elle sera heureuse de donner
un nouveau témoignage de sa haute estime à ce savant et de lui dire
aussi combien elle lui est reconnaissante des efforts heureux et
continus qu'il ne cesse de faire pour imprégner d'un esprit de loyale
et courageuse critique les travaux qui touchent aux choses religieuses. Son essai sur le prétendu saint suaire de Turin est au
premier rang de ces fortes études, où l'auteur simplement cherche
la vérité.... Après cette courte analyse des deux ouvrages envoyés au
concours par M. le chanoine Chevalier, je dois ajouter qu'ils ne sont
eux-mêmes que des fragments de l'une des grandes entreprises, de
l'une des grandes œuvres de M. le chanoine Chevalier, la *Bibliothèque liturgique....* (1).

(1) *Rapport fait au nom de la commission des antiquités de la France sur
les ouvrages envoyés au concours de... 1901;* Paris, 1901, in-4°, p. 7-8.

A la séance publique annuelle, tenue par l'académie, le 15 novembre, sous la présidence de M. le comte de Lasteyrie, celui-ci a formulé ainsi son appréciation :

Les deux secondes médailles du concours des Antiquités nationales ont été données à M. l'abbé Ulysse Chevalier et au P. Mandonnet. Le premier est un érudit dont l'infatigable ardeur est bien connue de quiconque s'occupe d'études sur le moyen âge. Il a entrepris, sous le titre de *Bibliothèque liturgique,* une collection bien faite pour ranimer dans notre clergé le goût d'un ordre d'études trop négligé en France depuis le xviie siècle. Ce sont deux volumes appartenant à cette collection que M. l'abbé Chevalier nous a envoyés cette année. Le plus important relate la piquante histoire d'une relique plus vénérée que vénérable, car elle est d'une insigne fausseté. Il s'agit du Saint-Suaire conservé dans la cathédrale de Turin, et que beaucoup d'Italiens vénèrent aujourd'hui encore comme le palladium de la Maison de Savoie. Une série de documents indiscutables a permis à M. l'abbé Chevalier d'en suivre les destinées depuis le xive siècle, époque où il fut fabriqué par un peintre bourguignon, qui reconnut lui-même en être l'auteur. Or, les plus hautes autorités ecclésiastiques, notamment deux évêques de Troyes et un pape, ont eu beau déclarer publiquement que ce ne pouvait être le vrai Suaire du Seigneur, rien n'a pu prévaloir contre la légende et, aujourd'hui encore, il se trouve de pieuses gens pour fermer les yeux à l'évidence des textes et défendre l'authenticité de cette prétendue relique. M. l'abbé Chevalier a donné un salutaire exemple en s'élevant contre de pareilles croyances. Son mémoire est un modèle de saine critique et de ferme bon sens. Je le recommande aux méditations des membres du clergé, de ceux surtout qui, dans leur zèle inconsidéré à conserver intact le dépôt des vieilles traditions, ont mérité d'être comparés par M. l'abbé Chevalier à « un capitaliste qui, faisant le bilan de sa fortune, négligerait d'en défalquer les valeurs dépréciées à la Bourse » (1).

Croire que cet ensemble de témoignages favorables à l'*Etude critique* a porté la conviction dans toutes les intelligences précédemment réfractaires et clos la discussion, ce serait mal connaître certains catholiques. A la fin de sa brochure l'auteur avait écrit en note (p. 55) :

Périodiquement on voit annoncer dans les feuilles religieuses, sous la rubrique : *Clergé et science,* que M. l'abbé X. ou M. le chanoine Y. ou le R. P. Z. vient d'être couronné pour tel ouvrage par l'Institut de.... ou l'Académie de...., qui lui a attribué le prix.... Suit une note bien sentie sur les mérites scientifiques du clergé

(1) *Journal officiel* (17 nov. 1901), p. 7214 ; *Séance publique annuelle du vendr. 15 nov. 1901, discours du président,* Paris, 1901, in-4°, p. 14-5.

séculier et régulier. Fort bien jusqu'ici. Mais qu'un membre de cet Institut ou de cette Académie, compétent d'ailleurs et bon catholique, s'inscrive en faux contre une erreur populaire ou une fausse dévotion, son témoignage sera récusé ou on l'enterrera dans le silence.

Il ne croyait pas être si bon prophète : cette prédiction s'est réalisée à la lettre. Un anonyme (M. V.) a écrit à la *Semaine religieuse de Paris* (qui lui en laisse toute la responsabilité) une lettre de protestation contre les conseils de M. de Lasteyrie ; il affirme que la lumière, en ce qui concerne le Suaire de Turin, est seulement « en voie de se faire » et que les documents publiés ne représentent qu' « une tradition » (1). Le journal *La Vérité française* s'est empressé de reproduire (16 déc.) cette note, en l'accentuant (2). Les deux feuilles ne semblent pas se douter du tort considérable que de pareilles tendances font éprouver à la cause catholique, en creusant plus profond le fossé que ses adversaires s'efforcent de maintenir entre la science et la foi. Si les Bollandistes, si des catholiques comme MM. de Lasteyrie et Viollet sont incapables d'apprécier avec compétence et équité une question de fait histo-

(1) *Semaine religieuse de Paris* (1901), 48ᵉ an., p. 829-30.

(2) Réimprimée dans le *Courrier des Alpes* (Chambéry), du 21/8 décembre. — M. A. Loth semble avoir, depuis que l'ancien chartiste a versé dans le journalisme, la spécialité des thèses risquées. Dans le numéro de *La Vérité* du 15 février 1898, que j'ai sous les yeux, et sous le titre : *La crucifixion du Palatin*, il revient, avec dessin à l'appui, sur la découverte par M. Marucchi, « dans la maison de Tibère, d'un *graffite..*, consistant en un dessin rudimentaire d'une crucifixion et en une longue inscription cursive placée au-dessus »; avec M. l'abbé Boullet, vicaire général d'Orléans, il y voit « la découverte *d'un évangile avant les Evangiles* », nonobstant les protestations de la « critique négative ». M. Loth a eu même la satisfaction de voir sa prose reproduite par la *Revue de l'art chrétien* (1898, 4ᵉ sér., t. IX, p. 175-6). Mais voici : la direction a fait encarter en face un petit papier bleu, que mon relieur a par bonheur conservé : « D'après des nouvelles qui nous arrivent à l'instant, le fameux graffite du Palatin, dont nous avons entretenu nos lecteurs dans le présent fascicule, p. 175, constitue ce qu'on appelle vulgairement une « fumisterie ». *La Rédaction.* » — Un autre jour (il y a tantôt quinze ans) le même journaliste crut avoir découvert des documents qui retiraient la paternité du chant de *la Marseillaise* à Rouget de Lisle et l'attribuaient à un maître de chapelle de Saint-Omer : c'était un fragment de messe ou d'oratorio ! Documents et arguments furent réduits à néant par des musicographes plus avisés (*Journal des Débats*, 15 sept. 1901, revue music.) J'aime à croire que M. A. Loth se sera rétracté sur ces deux points, comme il le fera sans doute un jour pour le Suaire, mais je manque de loisirs pour en faire la recherche.

rique parce qu'elle touche à un objet pieux, il faut renoncer ou à être catholique, ou à parler au nom de la science (1).

Embarrassé d'abord par les documents, on s'est empressé de les déclarer de nulle importance dans la question et on s'est rejeté sur le fait photographique. Néanmoins, on a fini par comprendre qu'il ne suffisait pas d'éliminer la possibilité d'une peinture négative : il faut établir comment ce négatif a été fixé sur le linceul. On annonce depuis plusieurs mois un travail péremptoire devant paraître sur ce point dans une revue spéciale : il est toujours attendu. Son auteur (probable) m'a demandé d'exposer ses premières inductions chez moi, à Romans, devant une réunion de personnes compétentes. Pareille proposition n'était point faite pour déplaire à qui recherche la vérité sans parti pris aucun. Mgr Enard, évêque de Cahors, qui se trouvait alors en Dauphiné, a été prié de présider cet aréopage. Il a fait rendre compte (s'il ne l'a fait lui-même) de cette conférence, avec beaucoup de tact et d'impartialité, dans sa *Revue religieuse de Cahors et de Roc-Amadour* (2). Le conférencier, M. Paul Vignon, préparateur de zoologie à la Sorbonne, a jugé à propos d'y faire quelques additions (3) : il en ressort qu'on est encore loin du terme des observations physiques dont le Suaire est l'objet. La science expérimentale eût-elle reconnu « dans l'image de Turin le portrait réel du Christ, imprimé d'une façon certainement aussi mystérieuse que savante », il lui restera « à se prononcer sur le caractère naturel ou surnaturel de l'empreinte. » Jusqu'ici les explications varient avec chaque auteur : nous allons en avoir une nouvelle preuve.

Absorbé par des travaux plus importants, j'avais négligé de prendre connaissance d'un ouvrage paru à Turin, il y a plusieurs mois, sous le titre : *La S. Sindone che si venera a Torino illustrata e difesa*, dal P. Giammaria SANNA SOLARO, d. C. di G. (4); et cependant, dès la réimpression du travail de l'abbé Lalore, le regretté comte Cais de Pierlas m'avait prévenu qu'un jésuite de sa connaissance s'occupait à réunir des documents pour reconstituer l'histoire ancienne du Suaire.

(1) Voir l'abbé N. DELSOR, dans *Revue catholique d'Alsace* (1901), XX⁰ an., p. 864-5.

(2) N⁰ du 7 sept. 1901 (la conférence eut lieu le 24 août), XI⁰ an., p. 835-6.

(3) Même *Revue*, n⁰ du 21 sept., XII⁰ an., p. 13-4.

(4) Torino, Vincenzo Bona, 1901, in-4⁰ de vij-179 p., 10 pl., 14 grav.

L'ouvrage du P. S. S. a vu le jour, garanti par les approbations de rigueur. Ce n'est plus le vicaire général Colomiatti, sorti de sa lutte en faveur de l'authenticité assez meurtri pour ne pas rentrer en lice ; ce sont : le provincial des Jésuites de Turin, un chanoine G. Colombero et le vicaire général, évêque de Capharnaum, Mgr G. Batt. [Bertagna], tous personnages auxquels il n'y a pas lieu de demander l'exhibition de leurs titres scientifiques : il s'agit d'un simple *imprimatur* (1), attestant qu'il n'y a dans le livre rien de contraire à la foi et aux mœurs. Ces vénérables personnages n'avaient pas à se porter garants que tout y est conforme à la vérité.

Vu l'importance exceptionnelle, la délicatesse extrême du sujet, on peut se demander si le P. S. S. était préparé et désigné pour ce travail de critique historique. Il est loisible d'en douter, rien qu'à parcourir son *curriculum* scientifique, inscrit au dos du volume en question. Son premier travail, qui doit dater de quarante ans (dès 1854/5 il s'occupait de sciences physiques), eut pour objet la maladie du raisin et des vignes (*uva e vitte*) ; dans le deuxième, il développa une nouvelle théorie de la grêle ; le troisième traite du bon entretien des objets du culte ; le quatrième décrit un bassin du Dinotherium, découvert par lui dans la Haute-Saône ; le cinquième étudie les causes et les lois des mouvements de l'atmosphère ; etc. Citons encore des recherches sur les causes des tremblements de terre, pour arriver à la transmutation *(conversione miracolosa in carne)* d'une hostie à Lanciano et au miracle eucharistique de Turin. Ces dernières études se rapprocheraient de celle sur le Suaire, si l'auteur attribuait son image à une cause surnaturelle : il ne l'a pas osé. De pareils travaux, on en conviendra, ne sauraient constituer une préparation scientifique à l'examen d'une relique remontant soi-disant aux origines du christianisme et dont l'authenticité a été fortement contredite : semblable étude demande, avec une érudition bien informée, un sens critique fort délicat et exercé de longue date.

Le P. S. S. veut bien témoigner de son admiration pour mon

---

(1) L'une de ces approbations pourrait donner lieu à une chicane chronologique (que les critiques sont parfois de désagréables gens !) : comment le chanoine Colombero a-t-il pu déclarer, le 13 mai 1900, avoir lu un manuscrit qui renferme la discussion d'un opuscule paru au mois d'août suivant ?

érudition (1) ; je suis bien au regret de ne pouvoir lui retourner son compliment : la sienne est souvent bien médiocre. Un instant j'ai cru qu'il avait découvert une *Histoire de l'église de Besançon*, restée inconnue à mon *Répertoire*. Le nom de son auteur : Du-Chesne, est répété jusqu'à *quatre* fois dans la même p. 27. Mon émoi a été de peu de durée : je gagerais un billet de mille (pour les bonnes œuvres du R. P.) qu'il s'agit simplement du livre cité par lui ailleurs, tantôt sous le nom de Dunod, *Histoire de l'église, ville et diocèse de Besançon* (pp. 14, 31), tantôt sous celui de Dunod de Charnage, *Histoire de la ville, de l'église et diocèse de Besançon* (p. 76) (2). L'auteur de la *Constantinopolis Belgica*, Pierre d'Outreman est transformé en P. d'Autremont (p. 26) ; celui du *Theatre des antiqvitez de Paris*, Jacq. du Breul en du Beul (p. 22) ; celui de *La Palestine sous les empereurs grecs*, Alph. Couret en Curet (3 fois pp. 4-5) ; ceux du *Dictionnaire de la théologie catholique*, Wetzer et Welte (traduction de J. Goschler), en Vetzer (p. 118) ; la *Patrologia latina* (ou *Patrologiae cursus completus*) de Migne, en *Colleȝione dei Padri latini* (en ital., p. 12) ; l'*Histoire généalogique de la maison de France*, du P. Anselme, en *Histoire ecclésiastique* (p. 26) ; le *Recueil des historiens des Croisades* en *Recueil ... des Croisés* (p. 21) ; *Bucoléon* en *Baucoléon* et *Bancaléon* (p. 24). Bède est cité d'après l'édition de 1612 (p. 9) ; la *Chronique d'Alexandrie*, d'après Baronius (p. 4). Le dernier éditeur des Œuvres de Villehardouin, un académicien bien connu, Natalis de Wailly, est métamorphosé en Vally (p. 7). D'après le titre qu'il donne (p. 25, n. 2) d'un livre d'A. Assier : *Comtes de l'Eglise de Troyes*, 1848, in-12, on pourrait croire qu'à l'instar de la métropole de Lyon, la cathédrale de Troyes avait des chanoines-comtes. C'est un *sbaglio* assez risible ; voici le titre de l'ouvrage en question: *Construction d'une Notre-Dame au XIII° siècle.., suivie des comptes de l'œuvre de l'église de Troyes au XIV° siècle*, Paris, 1858, in-12. D'après cette dernière bévue on serait charitablement tenté de croire, pour ne point accuser l'auteur de fortes distractions, qu'il a travaillé sur les notes d'autrui (3). Quand il veut toucher aux

(1) « L'autore vi mostra grande erudizione, che conferma la fama che si è acquistata d'erudito » (p. 99) ; «... lo fa con una erudizione che ammiriamo » (p. 100).

(2) Après avoir donné à Dunod sa vraie date, 1750 (p. 31, sans mentionner le t. I), il invente une édition fantastique de Besançon, 1624 (p. 76).

(3) Il serait inexact de mettre ces erreurs sur le compte du typographe, car texte et documents sont d'une correction irréprochable.

**

faits de l'histoire de l'Eglise, ses sources uniques sont ROHRBACHER (pp. 81-2) et DARRAS (pp. 5, 82). Pour la personnalité d'Arculphe, son érudition est à bout après avoir renvoyé à la *Biographie Didot* (p. 8). Il va donc sans dire que les Bibliographies de la Palestine de Titus TOBLER et de Reinh. RÖHRICHT lui sont inconnues. A plus forte raison ignore-t-il les *Christusbilder* de M. Ernst von DOBS-CHÜTZ, où il aurait trouvé réunis et cités intégralement tous les textes antiques qui l'intéressaient. De la Société de l'Orient latin il ne connaît que le nom de son fondateur, le comte RIANT, dont il cite quelques passages (pp. 4-5), mais auquel il s'est bien gardé d'emprunter ses principes pour l'appréciation du degré de confiance que doivent inspirer les reliques insignes de la Passion (1). Cette pauvreté d'information, excusable chez un provincial, est impardonnable à Turin, dans une ville dont la bibliothèque universitaire — sans compter les autres — est merveilleusement fournie et cataloguée. On peut se demander quelles armes solides, éprouvées pourront sortir de pareil arsenal, je veux dire quels arguments irréfragables on pourra tirer de sources aussi imparfaitement connues. Ne serait-ce pas déjà un indice d'un manque habituel de rectitude dans la saine appréciation des choses de l'histoire ?

Mais venons au fond de la question. Qu'avait à démontrer le P. S. S. ? que le Suaire de Turin a en sa faveur une série suffisante de documents pour l'identifier avec un des linceuls qui ont servi à l'ensevelissement du Sauveur (2). Sans se préoccuper autrement des suaires, quasi sans nombre, dispersés dans la chrétienté — j'en connais actuellement une quarantaine et des fragments sont mentionnés dans quantité d'inventaires — il se borne à éliminer les concurrents les plus redoutables :

1° Celui de Cadouin, le *Sudarium capitis*, au dos duquel A. de Longpérier (Long-Perrier !) aurait lu un verset du Coran : c'est donc une toile musulmane (p. 11-2).

---

(1) *Etude critique*, p. 13.

(2) Ceci est un minimum : le comte Riant (l. c.) demandait « que l'authenticité d'une relique de premier ordre, solennellement offerte à la vénération des fidèles, soit établie par une *chaîne non interrompue* de témoignages écrits recueillant directement l'héritage de la tradition des temps apostoliques, pour nous la transmettre sans lacune ». Pour une relique multiple (c'est ici le cas) il exigeait « une rigueur encore plus grande dans la continuité des preuves écrites ».

2° Celui de Besançon ; on affirme qu'il se composait de bande-lettes, cousues à Besançon et sur lesquelles on peignit l'image du Sauveur. CHIFFLET, qui en défendit l'authenticité, manquait de critique *(in questo manca di critica)*; on l'en trouvera amplement pourvu quand il parlera en faveur du Suaire de Turin. DUNOD renvoyait aux archives du chapitre de la cathédrale St-Etienne pour l'histoire de son culte depuis le XIII° siècle (1); mais le chanoine SUCHET le croit plus moderne (p. 14-6) (2).

Resté à l'abri des révolutions, grâce au patronage de la maison de Savoie, le Suaire de Turin demeure seul parmi ses congénères l'objet de la dévotion des peuples. A-t-il des droits à passer pour original et authentique? Le P. S. S. le croit fermement et tient les documents qui y contredisent comme dénués de toute valeur *(di nessun valore,* p. vj).

Comment démontrera-t-il que l'image de Turin remonte au crucifiement ? par une série d'affirmations, dont pas une n'est appuyée sur l'ombre d'un texte, et par la transformation continue des conjectures du début en certitudes incontestables. Le Suaire *devait* être encore à Jérusalem quand l'impératrice Hélène en emporta (en 317) les reliques de la Passion à Constantinople. On rapporta bien des reliques à Jérusalem après l'achèvement du temple construit par ordre de Constantin, « ma, dit l'auteur, i lini che aveano servito alla sepoltura di Cristo, furono portati a Costantinopoli » (p. 3). Comme preuve, ce passage du comte RIANT : « Les pèlerins de Terre-Sainte... allaient vénérer [à Constantinople] tous les souvenirs matériels de la Passion, dont les empereurs avaient dépouillé Jérusalem » (3). Puisque le Suaire était, au dire de notre auteur, « reliquia tanto preziosa quanto la santa Croce », comment ne point s'étonner grandement que les documents parlent tous de celle-ci et ne disent rien de celui-là ?

Le P. S. S. relève avec complaisance les bévues de ses lointains prédécesseurs, ce qui n'est ni mal aisé ni mal habile : le Suaire n'est venu ni de la Grèce, ni des Hospitaliers de Rhodes ou de Jérusalem, ni des Lusignan de Chypre. C'est à tort que les his-

(1) Le P. S. S. a lu « troisième siècle » (p. 16, n. 1).
(2) Cf. *Etude critique,* p. 19-20. Le P. S. S. n'a pas su découvrir un exemplaire des *Vies des Saints de Franche-Comté,* publiées en 1856.
(3) Notre italien aura compris que « tous les souvenirs matériels de la Passion » furent portés à Constantinople.

toriens de la maison de Savoie ont attribué sa conquête aux comtes Amédée III, IV ou V (p. 17-9).

Il était *donc* à Constantinople, lors de la prise de cette ville par les croisés occidentaux. L'auteur raconte le double siège (1203-4) comme le résultat direct de la quatrième croisade, sans se douter qu'elle avait dévié de son but primitif; pour ce fait, Innocent III avait même excommunié les croisés (1).

Le Suaire à figure du monastère des Blachernes, décrit par Robert de Clary et disparu lors de la prise de la capitale de l'empire grec, *dut* être remis à Garnier de Trainel, évêque de Troyes, dispensateur suprême des reliques conquises par les croisés. L'envoya-t-il à son église avec les autres joyaux qui contribuèrent à la reconstruction de sa cathédrale (commencée en 1208) (2) ? non, dit le P. S. S. Voulut-il la rapporter lui-même ou la tint-il cachée pour éviter les justes réclamations de l'empereur Baudouin et des autres princes ? il ne sait. Avec l'évêque de Troyes se trouvaient à Constantinople plusieurs de ses parents, appartenant aux familles de Champlitte, de Vergy et de Chappes : *or*, un Champlitte était apparenté à un Charny; *donc*, à la mort de l'évêque de Troyes, le Suaire passa par un Champlitte aux Charny, puisqu'on le retrouve plus tard dans cette famille. D'ailleurs, suivant une note envoyée à l'auteur par le vicomte de Poli, Hugues de Mont-Saint-Jean et Charny *a pu* se trouver à la prise de Constantinople. Ce qu'il y a de certain, c'est qu'on retrouve le Suaire, cent cinquante ans après, à Lirey.

Voilà comment on croit avoir prouvé, PAR UNE SÉRIE D'HYPO-THÈSES QU'AUCUN DOCUMENT NE JUSTIFIE, que le Suaire de Turin est venu de l'Orient et qu'il remonte aux premiers âges de l'Eglise ! Après avoir ainsi comblé par l'imagination les vides de l'histoire, on tiendra la chose pour parfaitement démontrée. C'est le procédé habituel de l'auteur : on peut en trouver la preuve tout le long de son mémoire.

Si l'on ne faisait partie de la légion des aveugles, *duces caeci*,

(1) Le *Répertoire des sources historiques du moyen âge* indique d'assez nombreux travaux sur ce point, en particulier du comte RIANT (t. II, c. 836-7) — L'instigateur du changement de direction de cette croisade fut Philippe de Souabe (*Svevia*, et non *Svezia* = Suède, p. 20).

(2) ARBOIS DE JUBAINVILLE (H. d'), dans *Bibliothèque de l'école des Chartes* (1862), 5e sér., t. III, p. 215.

excolantes culicem, camelum autem glutientes (1), on s'apercevrait
des impossibilités morales que renferme ce récit, indépendamment
de l'absence de toute preuve. Comment l'évêque de Troyes, s'il a eu
à sa libre disposition une relique de premier ordre, comme aurait
été le S. Suaire, n'en a-t-il pas gratifié sa cathédrale (2) ou un autre
sanctuaire vénéré, au lieu de l'abandonner à un obscur seigneur
champenois? Comment a-t-on fait de la transmettre en Occident,
sans munir le porteur d'une attestation en règle de son authenticité, suivant l'usage? Comment surtout la relique, parvenue à
destination, a-t-elle pu demeurer ignorée pendant cent cinquante
ans, sans être l'objet d'aucun culte ? Non moins précieux que la
couronne d'épines, ce divin linceul aurait dû produire, à son arri-
vée, ces explosions de dévotion exubérante qui accueillirent en
France les joyaux enlevés aux sanctuaires de la nouvelle Rome et
dont les chroniqueurs nous ont transmis l'émouvant souvenir.

Un fait non moins étrange et qui accentue le parti pris de subs-
tituer les conjectures à l'histoire, c'est que le P. S. S. n'a pas dis-
cuté, n'a pas même relaté les deux textes où les possesseurs du
Suaire en expliquent l'origine. Au dire de Geoffroi II de Charny,
cette image était un cadeau fait à son père *(sibi liberaliter obla-
tam)*. Marguerite, sa fille, affirmait par contre que le Suaire avait
été « pieca conquis par feu messire Geoffroy de Charny, mon
grant pere. » D'après ces données contradictoires, les premiers
propriétaires (non légendaires) de la relique étaient loin d'être
fixés avec certitude sur son origine.

On a voulu donner de l'autorité à une brève notice sur la collégiale de Lirey, dont j'avais dit ce qui est nécessaire (3), et en faire
un document nouveau sur la question (4). Dût-on tenir compte
des assertions que renferme cette pièce écrite tardivement (après
1525) et qui sont contradictoires avec le système du P. S. S., il
faudrait trouver à rattacher par d'autres documents à l'Orient et

(1) S. Matthieu, c. xxiii, v. 24.
(2) Il y aurait fait le pendant du vase de la Cène (voir Ch. Nioré, dans
Mém. de la soc. acad. de l'Aube, 1895, 3ᵉ sér., t. XXXII, p. 217-50).
(3) *Etude critique,* p. 32.
(4) *Documents nouveaux sur le Saint-Suaire de Turin,* dans *La Vérité
Française,* nᵒ du 12 sept. 1901, et dans le *Courrier des Alpes,* nᵒ des 14/21 du
même mois. Pris à partie, j'ai cru devoir répondre (*Vérité,* nᵒ du 22 sept. ;
Courrier, nᵒ du 21/8), en rappelant que j'avais été le premier à signaler
l'existence de cette notice.

✱✱✱

aux origines du Christianisme ce Suaire, soi-disant donné par le roi Philippe de Valois à Geoffroy de Charny. Mais il y a d'autres difficultés, dont on ne s'est pas douté, faute d'avoir exploré à fond les titres de la collégiale de Lirey.

Tout d'abord, ce n'est point après avoir été fait prisonnier à Calais, que le sire de Charny prit la résolution de fonder une collégiale à Lirey : M. l'abbé A. Prévost a montré que son intention figure dans des documents antérieurs (1). Le même auteur confirme ce que j'avais avancé (p. 23) : les plus anciens titres relatifs à cette pieuse fondation ne mentionnent jamais le Suaire. Il ajoute la traduction d'une bulle d'indulgences accordée, le 5 juin 1357, à Avignon, par douze évêques étrangers, la plupart italiens (p. 20-2). Le texte latin, dont je dois communication à l'obligeance de M. l'abbé A. Nioré, secrétaire général de l'évêché de Troyes et membre de la société académique de l'Aube, renferme ces simples mots : « reliquias ibi existentes. » Est-il admissible que le Suaire, considéré plus tard comme le joyau de la collégiale et attirant les foules de toutes les parties du monde, n'eût pas été l'objet d'une mention spéciale ? Dire avec le P. S. S. : « In quello anno [1353], Goffredo fece a questa chiesa [de Lirey] dono della SS. Sindone » (p. 28) et : « Nell'anno stesso vi fu deposta e cominciò a venerarsi la Santa Reliquia » (p. 72), c'est affirmer gratuitement un fait que nul document n'appuie et que contredisent ceux qu'on possède. Tout ce qui suit est pure conjecture et pieux embellissement : transport du Suaire en grande pompe, avec concours énorme d'ecclésiastiques et de gens de toute condition, jalousie des chanoines de Troyes, qui voient diminuer l'affluence des pèlerins à leur cathédrale.

Comme les gens à court de finances, le P. S. S. prend son bien où il le trouve, sans discuter la valeur de la monnaie : ainsi, il s'empare de trois lignes de Dunod de Charnage pour faire tenir conseil à Marguerite de Charny et justifier sa décision de transporter l'insigne relique hors de la Champagne (p. 31) : il se garde bien de se demander sur quelle pièce d'archives ce fait est établi. Cela empêche du moins l'auteur d'ajouter foi aux miracles racontés par Pingon : leur authenticité aurait par ailleurs des conséquences sur la légitimité de la possession future des princes de Savoie.

(1) *L'ancienne collégiale de Lirey*, Arcis-sur-Aube, 1900, gr. in-8°, p. 12-3.

Le P. S. S. admet sans broncher, cela va sans dire, la donation du 22 mars 1452, sauf à ne pas pouvoir, plus que ses prédécesseurs, en indiquer un texte quelconque (p. 33). Pour lui encore, les médailles, soi-disant frappées en l'honneur du Suaire, sont parfaitement authentiques (pp. 32, 35, 39, 129). Il ne se doute pas, ou du moins ne fait point part à ses lecteurs, de l'opinion contraire exprimée par des numismates compétents (1).

J'aurai plus loin l'occasion de montrer que le R. P. ne comprend pas toujours exactement le français, soit ancien, soit moderne. Il devrait au moins en être autrement du latin : qu'on en juge ! « Lo Chifflet riporta quell'atto [de 1464] per intero, e dice di averlo copiato dagli archivii di Troyes tre anni dopo che era stato fatto, cioè nel 1467 ai 5 del mese di dicembre » (p. 33, n. 1). Cela veut dire, si à mon tour je comprends bien l'italien, que Chifflet a copié cet acte en 1467 : or, comme on peut s'en assurer dans la première Biographie venue, le médecin Jean-Jacques Chifflet, né en 1588, est mort en 1640. Si on se reporte à la p. 111 de son *De linteis sepulchral.*, on y lit : « Placet ipsas Ducis literas ex archivo Trecensi proponere, prout tribus post annis, nempe M.CD.LXVII. quintâ Decembris, ex ipso autographo, ne illarum memoria interiret, omni fide à Trecensibus descriptæ, atque in publicum instrumentum transsumptæ sunt » ; ce qui veut dire pour tout le monde : on fit à Troyes, en 1467, une expédition authentique de l'acte de 1464, et c'est ce *vidimus* de 1467 que Chifflet a reproduit à défaut de l'original. Le P. S. S. ajoute qu'aux archives d'Etat, à Turin, on conserve quatre copies de l'acte de 1464, plus l'original. La rigueur scientifique commandait de reproduire celui-ci, de préférence aux autres ; mais, ne sachant probablement pas lire les écritures du xv⁰ siècle, il s'en est rapporté à une copie des plus modernes ; les mots : « Sic signatum in margine alta... et in margine bassa... et in margine bassa subscriptum », intercalés dans le texte comme s'ils en faisaient partie (p. 154), rendent ce fait indéniable.

(1) *Etude critique*, p. 37. En mentionnant la *Storia metallica de la real casa di Savoia*, M. le baron Ant. Manno a soin d'ajouter (*Bibliogr. storica.... della.... Savoia*, 1884, t. I, n° 575) : « Le medaglie antiche sono supposizioni moderne ». M. André Perrin n'a pas compris les médailles en question dans son *Catalogue du médaillier de Savoie* (*Documents* publiés par l'académie de Savoie, 1883, t. V).

Inutile de suivre l'auteur dans les pérégrinations et les ostensions du Saint-Suaire, à partir du xv⁰ siècle jusqu'à nos jours. Laissons-lui la satisfaction de croire que les bulles de 1467 et de 1480, qui ne le mentionnent nullement, le sous-entendent, et arrivons au chapitre xvi, qui attaque ma première brochure ou plus exactement le mémoire du chanoine Lalore.

Le travail du P. S. S. n'a pas été rédigé d'un seul jet, il est facile de s'en rendre compte. A deux reprises au moins, il a fait des additions à la partie primitive, sans avoir le courage (lui ou son éditeur) de mettre les feuilles déjà tirées au pilon. Les quinze premiers chapitres sont indépendants de la suite, dont mes brochures ont été l'occasion (1). Il avoue d'ailleurs (p. v) que son plan primitif ne comportait qu'un modeste opuscule, destiné à paraître pour l'ostension de 1898. La réfutation de mes brochures de 1900 (chapitre xvi-xix) était rédigée et l'impression assez avancée quand un ami (le comte Cais de Pierlas ?) lui a remis la troisième (p. 99) : il s'est borné à lui consacrer le chapitre xx.

Cette autopsie va nous permettre d'établir sur quelles bases documentaires l'auteur a entrepris son travail. Toutes ses « fatigues » avaient abouti à la découverte de sept documents (A à G), qu'il a publiés en pièces justificatives (p. 153-62). Ils sont datés de 1464 (déjà connu), 1502, 1533, 1536, 1560 et 1737. Comme les preuves qui suivent (H-X) vont de 1389 à 1473 (p. 162-77), on peut se demander pourquoi l'ordre chronologique de ces deux séries a été interverti. Il n'y a pas lieu de répondre qu'on a mis en tête et en vedette les pièces favorables à l'authenticité — signalées par un astérisque, — car les documents O à X sont marqués du même signe (on verra plus loin si c'est avec raison). Les documents A à G étaient seuls connus de l'auteur quand il commença son travail (je l'affirme et vais le prouver) ; comme ils étaient cités par leurs lettres respectives dans les premiers chapitres (pp. 33, 40, 43, 46, 60), il a été impossible, arrivé à l'impression des « Documenti », de les ranger à la suite de la série H à X, sous peine de dérouter les lecteurs ou de se trahir par un errata.

---

(1) Un mot, il est vrai, renvoie à plus tard la discussion de la défense formulée par l'évêque Pierre d'Arcis (p. 29), mais cette prohibition avait été connue (bien que restée inédite jusqu'à moi) par les historiens du Suaire, surtout par Piano, qui avait publié le texte de la bulle du pape Clément VII. Celle-ci d'ailleurs est discutée et combattue dans la première partie (p. 70), tandis que le mémoire l'est dans la deuxième (p. 86).

Le R. P. affirme qu'il connaissait les documents que j'ai cru mettre au jour pour la première fois. Cette affirmation aura de graves conséquences ; il est loyal d'en préciser les termes : « I documenti li abbiamo anche noi alle mani, e li esamineremo, et non li nasconderemo ai nostri lettori » (p. 73) ; « Quei documenti trovati da lui non sono tutti inediti, nè sconosciuti ; noi ne abbiamo citati già parecchi, il che prova essere falso che i suoi contradittori non li conoscessero » (p. 100). C'est clair : le R. P. avait entre les mains de mes documents et j'ai dit une fausseté en assurant que mes contradicteurs ne les connaissaient pas. Il avoue cependant avoir pris dans ma troisième brochure les pièces cataloguées par les lettres J, K, L, V et X (tolto del terzo opuscolo del signor Ulisse Chevalier), soit 5 sur 18 que comprend sa seconde série. Pour les autres (12 sur 13) il cite comme source : « Parigi, Biblioteca Nazionale, Collezione di Schiampagna (var. Champagna), vol. 154, fol... » (H, M à U). Eh bien ! je crois pouvoir affirmer, sans crainte de démenti que, s'il est allé à Paris, s'il s'est présenté à la salle des manuscrits de notre Bibliothèque Nationale, s'il a même demandé et tenu entre les mains le vol. 154 de la Collection de Champagne, il n'y a ni copié ni fait copier les documents qu'il dit en avoir tirés. Son texte, je serais bien aise qu'on en fît la vérification, ne diffère du mien, ni pour une syllabe, ni pour une lettre. Ceci est déjà une présomption, puisque ma publication est antérieure à la sienne. Des gens superficiels pourraient seuls croire que nous avons pu lire et transcrire d'une manière identique. Mais il y a bien autre chose. D'abord le texte que j'ai donné (et qu'il reproduit tel quel) des documents R à U n'est point celui du volume 154 de la Collection de Champagne, mais bien celui du cahier coté aux archives de l'Aube : 9 G. 4, indiqué par moi en première ligne parmi les sources de ces quatre pièces ; j'ai négligé de donner les variantes des collections de Champagne et Decamps, comme n'offrant que des fautes de lecture. Le P. S. S. peut donc être mis au défi de retrouver dans la Collection de Champagne le texte qu'il a donné de ces quatre pièces. Ensuite, j'ai supprimé dans les documents Q à T des mots et des membres de phrases qui auraient allongé les textes et fatigué le lecteur, sans aucun profit pour la démonstration. Le R. P. s'est conformé d'une manière absolue à toutes ces coupures ; or, la même idée lui fût-elle venue d'abréger ces textes, il lui était aussi difficile de m'imiter servilement à distance dans ces plusieurs douzaines de cas qu'à un enfant, qui ne sait pas lire, de former à l'aide de caractères isolés une phrase comme : *Dominabitur a mari usque ad mare* (1). Revenons au document M (fol. 128, non 120, du vol. 154) : le P. S. S. n'a pas pû lire sur l'original les mots : *Au revers*, qui n'y figurent pas et sont de moi ; il est en outre bien probable qu'il aurait lu *Christi* et non *Xpisti*, suivant ma transcription habituelle. Dans mon texte du document N les mots : « Karolus... nono » représentent la pièce précédente M, qui y est reproduite en entier ; il serait bien étrange que le P. S. S. eût abrégé d'une manière aussi succincte. Dans le document O la preuve est plus topique. Ici encore il y avait une pièce *entérinée,* celle que j'ai publiée sous la lettre Q. Comme le R. P. n'en a pas donné le texte (elle était si compromettante !), il n'a pu se borner aux premier et dernier mots : « Hambart... dix huit » qu'en me copiant servilement et sans intelligence. Quant au document H, la manière de compléter les initiales : V[estre] S[anctitatis], bo[ne] me[morie] » et de reproduire les abréviations : « beat. p., s. v. » prouve par l'identité des procédés qu'on en a pris, sans plus se gêner, le texte dans ma brochure. La lecture en offrait de telles difficultés pour être de tout point irréprochable, que des différences ne pouvaient manquer de se produire : il n'y en a aucune. Si le R. P. avait lu les deux parchemins, il n'aurait pas qualifié d'« incompleta » la minute : entre elle et la mise au net il n'y a pas d'autres différences que la douzaine de variantes relevées dans mes notes. Comme partout ailleurs, le nouvel éditeur les a supprimées, ce qui n'a pas toujours été sans lui jouer de mauvais tours : ainsi l'acte cité dans le doc. T est daté de 1447 et non de 1457 (voir le doc. Q) ; il fallait reproduire la note : « Lire *quadragesimi* » ou en mettre une équivalente. Reste le document I, la fameuse bulle de Clément VII. Malgré la mention comme source : « Archivii di Stato, Benefizii di qua dai monti, mazzo 31, n. 2 », on reconnaîtra à ne pas s'y méprendre que c'est mon texte, à la transcription du mot *Jhesu*, aux coupures identiques, aux mots abrégés *pag.*, *infring.*, et surtout à ce détail, puisqu'il s'agit d'un original, que les formules finales ne pouvaient être abrégées.

Trois points me semblent établis, sans crainte possible de contradiction : 1° le plus ancien document découvert par le P. S. S.

_____

(1) *Breviarium Romanum,* au 25 mai.

est de 1502, époque où l'authenticité du Suaire de Chambéry n'était pas officiellement contestée ; 2° en dehors du document I (déjà publié par PIANO), toute la série H à X lui était inconnue quand il a commencé l'impression de son travail ; 3° le texte des pièces H, I, M à U, soi-disant publié d'après un manuscrit de la Bibliothèque nationale de Paris (et un original de Turin) a été frauduleusement pris dans mon *Etude*.

Satis superque sur ce pénible sujet. Cette appropriation du bien d'autrui est-elle suffisamment conforme à la probité littéraire ? C'est un plagiat (mal) dissimulé.

On se rappelle l'affirmation du R. P. : il connaissait mes documents. Qui sait si, malgré les apparences, il n'a pas dit vrai ? Et cela m'amène à lui poser une question singulièrement intéressante. Est-il exact qu'en mai 1898, pendant l'Exposition d'arts et l'ostension du Suaire, un grand seigneur, portant un des plus beaux noms de France, est allé voir son cousin le roi Humbert II et lui a fait connaître le mémoire de Pierre d'Arcis ? Le roi, qui n'était pas doublé d'un casuiste, comprit la portée du document, eut un instant d'hésitation, puis fit jurer sur l'honneur à son cousin de garder le plus profond secret sur le document compromettant (1). J'attends la réponse du P. S. S. : le fait résumé ci-dessus est-il de l'histoire ou une légende ? Est-ce par cette voie qu'il a eu connaissance des documents avant ma publication ?

Arrivons au vif de la question, je veux dire à la prétendue réfutation de mes trois brochures. En ouvrant la première, le bon Père s'attendait à y trouver la défense de la relique ; quel désappointement ! Aussi m'accole-t-il aux hérétiques (p. 71) et aux judéofrancs-maçons (p. vj) (2). La querelle se concentre sur les documents, bien qu'aux yeux de mon contradicteur, ils ne doivent venir qu'en seconde ligne pour confirmer la thèse : « Essi debono venire a confermare la tesi che si difende » (p. 109) ; c'est le procédé pseudo-théologique appliqué à l'histoire. Ceci est déjà d'un mauvais augure pour la suite de la démonstration.

(1) On raconta à ce moment dans les feuilles religieuses que le roi hésitait à laisser photographier le Suaire, dans la crainte de voir cette image devenir un objet de mercantilisme. Ces scrupules, invoqués pour dissimuler la demande dont il vient d'être question, n'auraient pas été déplacés : le P. S. S. avoue qu'on en a vendu dans le monde entier pour plus de 50,000 lires (p. 71, n. 1).

(2) Il voulait s'élever par avance contre les « nuovi clamori dell' empietà » (p. vj) et réfuter les anciens « clamori non digni di ministri di Dio » (p. 70).

Le P. S. S. ne considère comme défavorables au Suaire que les pièces H et I, soit le mémoire de Pierre d'Arcis et la bulle de Clément VII *Ad p. r. m.* Il suspecte (sans ombre de preuve) que les autres bulles (J, K, L) ont été falsifiées. Le texte primitif devait qualifier d'authentique la relique (1); on aura changé la date et intercalé les mots *quamdam figuram sive repraesentationem Sudarii D. N. J. C.*, après la nouvelle décision du roi. La chose n'a rien d'étonnant, car on sait que les antipapes changeaient de sentiment suivant les circonstances : il suffisait de faire briller (de l'argent devant leurs yeux (p. 106). A tout cela, il est facile de répondre : 1º la pièce J a été copiée sur la minute même des Archives du Vatican par M. G. de Manteyer, alors élève de l'école française de Rome : il n'y a pas trace d'interpolation ; 2º la pièce L se trouve à Paris sur une bande de parchemin avec les bulles I et J : elle participe donc de l'authenticité de celles-ci ; 3º la pièce K a été copiée par le chroniqueur Corneille ZANTFLIET sur l'original entre les mains de Marguerite de Charny ; 4º la curie de Rome n'était pas plus insensible à l'argent que celle d'Avignon, et il n'appartenait pas à un religieux d'invoquer pareil argument. Dès le début de la discussion, on aura saisi sur le fait les subtilités d'un vieux scolar, qui suppléera tout le temps à l'absence de raisons sérieuses par des suppositions gratuites et insoutenables.

Il y a plus, dans le même ordre d'idées. Il a existé plusieurs autres documents qui ne sont pas parvenus jusqu'à nous, comme l'autorisation donnée par le nonce Pierre de Thury à Geoffroy de Charny, la première bulle de Clément VII aux chanoines de Lirey, la confirmation du roi Charles VI : le P. S. S. ne les a pas plus lus que moi. S'il en regrette la perte, c'est qu'il est *sûr* de leur témoignage en faveur de l'authenticité. Il suffira de reproduire, sans commentaire, ses propres paroles : « Siamo sicuri, che in tutti quei documenti si dava alla nostra Reliquia il suo vero nome di Santo Sudario di Gesù Cristo » (p. 83).

Le mémoire de Pierre d'Arcis, évêque de Troyes, que j'ai daté de la fin de 1389, est la pièce réellement embarrassante : impossible d'en révoquer en doute l'authenticité. Le P. S. S. consacre à sa

---

(1) « Noi sospettiamo che... la Sindone fosse trattata da vera Reliquia ». Cela rappelle les procédés d'argumentation de Mgr Colomiatti, dont j'ai fait bonne justice, on s'en souvient (*Etude critique*, p. 43, n. 2).

réfutation six grandes pages (86-92), et il y reviendra encore. Tout d'abord il le traite de « libelle calomnieux » (1) et lui refuse toute espèce d'autorité. Comment ce prélat, séparé des événements par trente-quatre ans, a-t-il pu savoir ce qui s'était passé sous l'évêque Henri de Poitiers ? Pardon : en 1389, année où il consacra l'église de la collégiale de Saint-Urbain, Pierre d'Arcis était évêque de Troyes depuis douze ans. Lorsqu'il fut élu (1377), il était trésorier de l'église Saint-Etienne et juge de la cour épiscopale de Troyes. Ses frères étaient, l'un, Jean, chancelier du duc d'Orléans, l'autre, Nicolas, évêque d'Auxerre ; il avait été vicaire-général de ce dernier avant de venir à Troyes. C'était donc un personnage considérable et rompu aux affaires. Voilà cependant celui que le P. S. S. charge d'outrages. Dans l'affaire du Suaire, il s'est conduit « per motivo poco decoroso per la sua dignità. » (p. 86), « agito per passione e contra coscienza » (p. 90) ; « non per zelo dell' onore di Dio, ma per passione » (p. 91), « deblaterando » (p. 92), « calunniosamente » (p. 86) ; il l'accuse d'avoir écrit des « falsità » (p. 92), « affermazione gratuita » (p. 103) ; « affermazione evidentemente menzognera » (p. 89) ; d'être un « insubordinato » ; de subir « perturbazione del suo animo » (p. 90). J'en passe, et des meilleurs. On croirait lire le réquisitoire d'un journal radical ou socialiste contre un évêque français. Franchement, l'auteur se permettrait-il de traiter aussi calomnieusement les actes, je ne dis pas d'un prélat contemporain, mais d'un évêque de Turin du xive siècle ? On croit pouvoir répondre : non. Il était aussi facile à Pierre d'Arcis de se renseigner avec exactitude sur les traditions relatives aux largesses de Garnier de Trainel que sur l'opposition faite aux entraînements dont le culte du Suaire avait été l'objet. Les objections (toujours le système pseudo-théologique) faites à son mémoire se réduisent à des puérilités.

Les solennités dont ce culte était entouré et dont on se plaignait tardivement n'avaient pu s'introduire que par la connivence et l'autorité de l'évêque. Ceci est faux : les solennités s'étaient développées à proportion de la créance populaire. — Pourquoi le chef du diocèse ne s'y est-il pas opposé immédiatement ? Et la preuve qu'il ne l'a pas fait par voie amicale et de conseil ? Et qui ne sait que cette voie n'est pas toujours écoutée, quand la passion s'en

(1) « Il libello di Pietro d'Arcis » (p. 86) ; « libello calunnioso » (p. 92).

mêle? Et pourquoi les chanoines se soumirent-ils une première fois, s'ils avaient pour eux la certitude de la tradition et du droit? — En affirmant que le doyen s'était procuré une image du Suaire, l'évêque le calomniait, puisque le Suaire de Lirey était celui-là même que les croisés avaient vu jadis à Constantinople : toujours le même procédé de pétition de principe, en transformant une conjecture en fait démontré. — Si on avait réellement découvert le peintre de la fameuse toile, immédiatement dans le monde entier la croyance à l'authenticité aurait disparu : comme c'est bien peu connaître l'histoire des reliques ! — D'ailleurs il fallait donner le nom de ce peintre, établir par des preuves juridiques que des témoins assermentés l'avaient vu travailler à l'image en question : vraiment, un évêque qui s'adresse au Pape sur un fait du ressort de sa juridiction ordinaire, est-il tenu à de pareilles précautions, qui constituent à son endroit une suspicion imméritée?(1) D'autre part, quand le chroniqueur Corneille Zantfliet précise les hauts personnages ecclésiastiques commis par l'évêque de Liège pour examiner le Suaire, le R. P. en tient-il plus de compte? « Questo documento non nuoce a noi, dit-il avec assurance, nè giova ai contradictori della Sindone » (p. 106) : on croirait qu'il n'a pas lu ce récit, qui tire une grande importance d'un double fait, étant contemporain et indépendant des documents Troyens ; en tout cas, il s'est bien gardé de le reproduire parmi ses « documenti » (2). — Quand l'évêque attribue toute cette supercherie à l'avarice et à la cupidité des chanoines, où sont les preuves ? demande-t-on. Mon Dieu ! combien je désirerais que dans les annales de l'Eglise on ne constate jamais aucune question d'argent en ce qui concerne le culte et les reliques ! Le R. P. aurait-il la naïveté de croire qu'il ne s'en rencontre jamais ? Sans remonter plus haut ni aller plus loin, n'est-ce point le cas à Turin ? — Le cupide et l'avare en cette affaire, c'est l'évêque ; la preuve s'en tire de son propre témoignage : il avoue que l'opinion publique l'en accusait à Lirey et à Troyes (p. 91). Mais si l'évêque se fait l'écho des

(1) Au surplus l'évêque s'offrait de faire la preuve de ses dires : « Paratum enim me offero hic in promptu per famam publicam et alias de omnibus supra per me pretensis sufficienter informare... »

(2) On n'en saurait attaquer ni l'authenticité ni la véracité. A lui seul, le mémoire et les bulles du xive siècle mis de côté, il établirait que l'image reproduite sur le Suaire était bien une peinture, car les plaies des mains, des pieds et du côté étaient sanguinolentes (voir mon doc. U).

propos malsonnants prononcés contre son prédécesseur et contre lui par certains dévots, c'est qu'il est sûr de pouvoir s'en justifier devant le pape ; d'autres d'ailleurs ne se gênaient pas pour l'accuser de tiédeur à réprimer ces excès. — Enfin, Pierre d'Arcis n'a-t-il pas le malheur d'user contre le Suaire d'un argument dont Calvin se servira plus tard, à savoir que les Évangélistes auraient parlé de l'image du Sauveur sur le Suaire, si elle s'y était imprimée. Pour un peu, le R. P., usurpant les fonctions d'inquisiteur, demanderait d'exhumer ses restes, découverts par l'abbé Coffinet (1), et de les jeter aux quatre vents du ciel. — Le R. P. feint l'indignation : Eh quoi ! pendant près de quarante ans il n'y aurait eu à Lirey que des chanoines indignes de porter ce nom et l'habit ecclésiastique ? Les indignes sont ailleurs : « Ah ! l'indegnità è, non tra i canonici, ma altrove » (p. 110). A ne pas s'y méprendre, ces derniers mots désignent l'évêque et le pape.

Sur la question des papes et des antipapes notre auteur a des idées intransigeantes, qui ne sauraient s'accommoder de la science éclairée par les découvertes journalières des érudits. Il avouera d'ailleurs volontiers que sa science à lui n'est pas de première main. Quelques passages de Rohrbacher et de Darras, choisis à propos, en font tous les frais ; il a même la simplicité de demander qui a pu dire du nouveau sur la question du schisme (p. 102). Ne nous étonnons donc pas s'il ignore les historiens qui font autorité sur cette matière, je ne dis pas Baluze et ses *Vitae paparum Avenionensium* (il doit avoir en horreur un livre laissé à l'*Index*), mais des auteurs orthodoxes et bien informés, comme l'abbé Gayet et M. Noël Valois. A l'en croire, Clément VII et ses successeurs portèrent la tiare de mauvaise foi, sachant bien qu'ils étaient schismatiques (p. 81). Robert de Genève n'eut dans son obédience que Naples et la France (p. 82) : on lui retranche tout simplement l'Écosse, la Savoie, la Lorraine, la Castille, l'Aragon, la Navarre et Chypre. Inutile de rappeler à notre contradicteur que chaque époque doit être jugée d'après les idées qui y avaient cours et que dans l'obédience de Clément VII le pape Boniface IX ne pouvait exercer aucune autorité, puisqu'on l'y considérait comme antipape. Plus inutile encore de chercher à lui faire comprendre que les bulles du xvie siècle, qui ne renferment aucune discussion du fait

(1) *Mémoires de la société académique de l'Aube*, 1866, 3e sér., t. III, p. 13.

historique, ne sauraient prévaloir contre celles de Clément VII (1) et surtout la tradition écrite établie par les autres documents.

Le lecteur devine aisément le cas que le R. P. fait de ces bulles de Clément VII. Le titre du chapitre xv le laisse déjà entendre : « Inanità della bolla dell' antipapa Clemente VII, su cui si appoggia » (p. 70). Elle est bien et dûment déclarée de nulle valeur. D'ailleurs, sur quoi s'appuye-t-elle pour définir que le linceul de Lirey n'est qu'une figure ou représentation du Suaire véritable (2)? Sur le dire de Pierre d'Arcis, circonvenu par le clergé de sa ville, jaloux lui-même du succès du pèlerinage de Lirey : toujours des conjectures, considérées comme faits certains, pour prouver d'autres conjectures.

Serai-je plus heureux en essayant de montrer qu'il n'y a pas de contradiction à autoriser l'exposition de la relique et à défendre de la présenter comme originale (p. 105) ? (3) Il y avait supercherie et même idolâtrie, au sens un peu sévère de Pierre d'Arcis, à présenter à la vénération des fidèles une simple peinture comme étant le Suaire véritable ; mais le culte relatif rendu à cette représentation était chose licite et journellement pratiquée dans l'Eglise. La rigueur outrée de l'évêque avait pour but de supprimer le mal à sa racine.

On a vu encore (p. 107) une contradiction entre ces paroles : « Les chanoines de Lirey ne soutinrent jamais que ce fût l'original » et celles-ci : « La constance de leurs réclamations devant toutes les juridictions pourrait sembler elle-même une preuve de leur ardente conviction en l'authenticité » ; il était aisé de saisir la différence : les premières sont une affirmation, les secondes un argument suggéré à mes adversaires. J'aurais cru un italien plus fin dans l'appréciation des nuances.

---

(1) Le P. S. S. est presque scandalisé (p. 109) de ce que j'ai dit de l'autorité de Benoît XIV en cette matière ; il suffit pour me justifier de voir quelles autorités ont formé la religion du pape sur le Suaire : il ne connaît rien d'antérieur à la bulle de Sixte IV (1480) ; les historiens auxquels il se réfère pour l'histoire de la relique, Pingon et Paleotto, sont précisément ceux dont le R. P. a contredit le sentiment.

(2) Je n'ai dit nulle part que le Suaire de Turin fût la copie d'un original, comme on l'insinue (p. vj) ; le titre de ma première brochure a pu faire illusion à cet égard, mais non le texte lui-même.

(3) L'Ami du clergé s'est arrêté à la même difficulté dans son compte rendu de mon Etude critique (n° du 15 nov. 1900).

J'ai dit plus haut que l'auteur a omis de reproduire la pièce du 6 juillet 1418 publiée dans mon *Etude crit.* sous la lettre Q. C'est l'acte par lequel Humbert de La Roche, seigneur de Villersexel et de Lirey, gendre et successeur de Geoffroy II de Charny, déclare avoir reçu en dépôt des chanoines de Lirey « ung drap, ou quel est la figure ou representation du Suaire Nostre Seigneur Jesucrist. » Le R. P. a évidemment renoncé à donner cette pièce comme trop compromettante. Néanmoins, il n'a pu se dispenser d'en dire un mot et a cru ne pas s'en tirer trop mal. Emane-t-elle d'un officier public? celui-ci ne pouvait se permettre de contredire la bulle du pape et la décision du roi. Fût-elle de !a main même d'Humbert, il n'y aurait pas à s'en émouvoir. Il aura ignoré la nature de ce linge, qu'on n'aura pas même sorti de son reliquaire (p. 73-4). Ainsi, voilà qui est entendu : le mari de l'héritière des Charny, donateurs du Suaire, ignorait la nature de cette relique ; mais le P. S. S. sait, lui, exactement qu'il y avait l'original dans ce reliquaire resté fermé. Comme la casuistique est un précieux instrument pour découvrir les mystères de l'histoire ! Combien, par contre, il faut peu estimer la gent crédule à laquelle pareil livre est destiné, pour la croire capable de tout accepter sans réflexion ni examen.

Les théories historiques du R. P. sont souvent à double effet, un peu comme le sabre d'honneur de Joseph Prudhomme, qui lui servait à défendre la Constitution et au besoin à la combattre. Quand l'évêque de Troyes a recours au roi contre les chanoines, il est digne de blâme et on ne se gêne pas pour le tancer (p. 111) ; quand ce sont les chanoines qui en agissent ainsi, on n'ose pas les reprendre : « non oseremmo biasimarli » (p. 90). Les bulles de Clément VII n'ont aucune portée, comme émanées d'un antipape ; la permission du nonce est parfaitement valable, parce qu'elle va à l'encontre des défenses de l'évêque, quoique Pierre de Thury fût l'homme de confiance de Clément VII.

Le P. S. S. croit m'embarrasser en me signifiant (pp. 95, 145) d'avoir à désigner par son nom le religieux, occupant « une grande position dans le monde universitaire » dont j'ai donné le sentiment motivé sur la peinture du Suaire de Turin (1). A deux reprises il

---

(1) *Réponse aux observations de Mgr Emm. Colomiatti*, p. 2. Pour qu'on ne m'applique pas le proverbe : *traduttore, traditore*, je reproduis ici dans son entier le texte original. Si le P. S. S. est plus fort en allemand qu'en

a omis d'avertir ses lecteurs que ce savant était son confrère en religion : cela aurait donné du poids à l'opinion d'un contradicteur. Le R. P. Hartmann GRISAR ne m'en voudra pas trop, je l'espère, de le dénoncer aux partisans de l'authenticité. Professeur d'histoire ecclésiastique à l'université d'Inspruck, auteur d'une admirable Histoire de Rome et des Papes au moyen âge, ce savant jésuite jouit d'une réputation scientifique infiniment supérieure à celle du P. S. S. Chargé de clôre le dernier Congrès international des savants catholiques à Munich, il a prononcé un magistral discours sur l' « hyperconservatisme » dans la critique historique (1), dont le P. S. S. sera bien aise de connaître les conclusions ; en lisant entre les lignes, il s'apercevra que son Suaire est spécialement visé :

Trop de personnes encore, dans le public et dans le clergé catholique, même parmi ceux qui font profession de science, confondent dans un même sentiment de respect, avec les dogmes, les institutions et les traditions de l'Eglise, toutes les légendes qui se sont accumulées à travers les siècles ; trop se scandalisent quand un savant, si catholique qu'il soit, vient démontrer une erreur, détruire une légende, attaquer l'authenticité d'une relique. Depuis trente ans, mes études m'ont amené à m'occuper des multiples erreurs historiques qui, dans le cours des siècles, se sont introduites dans l'histoire et dans la vie extérieure de l'Eglise et qui s'y sont maintenues jusqu'à présent. Nombre de traditions sans fondement, de miracles, de récits fabuleux, tantôt poétiques et gracieux, tantôt sans goût, se rencontrent sur la vie et les miracles du Sauveur, sur ses reliques, sur les sanctuaires du christianisme. Ce n'est pas tout : un défaut de connaissance et de jugement, souvent aussi des passions de tout genre, ont travaillé avec ardeur à la création de fausses reliques qui s'insinuaient dans la piété du peuple fidèle. Il faut lutter contre ces excroissances du sacré, pour l'amour de la vérité, pour l'honneur de l'Eglise, pour le salut même de la foi catholique....

latin et en français, il me dira si j'ai traduit exactement : « Sehr gerne werde ich über Ihre schöne Schrift betreffend das sogenannte Sudarium einen Bericht schreiben, zumal ich auch selber Beweise gegen die populäre Turiner Meinung habe, die der Photographie selbst entnommen sind. Ich war in Turin und habe nach genauem Studium der Negative wirklich gestaunt, wie man selbst in gelehrten Kreisen ein Bild, dessen späte Epoche man kunstgeschichtlich bestimmen kann, für das wunderbare Bild des Erlösers aus den Tagen seines Todes halten kann. Ihnen aber gratulire ich, dass Sie zuerst öffentlich einen unsere katholische Sache so compromittirenden Irrthum zusammen mit Lalore bekämpft haben. »

(1) *Akten des fünften internationalen Kongresses katholischer Gelehrten zu München*, 1901, p. 133-42 ; *Revue des questions historiques*, 1901, t. LXX, p. 280-1.

Le R. P. a pris (p. 99) pour une lettre des Bollandistes à l'auteur, la page qui ouvre ma troisième brochure : s'il s'était donné la peine de la lire jusqu'au bout, il aurait constaté par la note de la page 6 qu'elle est extraite des *Analecta Bollandiana* et, sans même recourir au tome et à la page indiqués, il aurait compris qu'elle est tirée d'un compte rendu relatif à une relique du Sang de J.-C. Mais pourquoi ces mots « giovane agiografo » (pp. 99, 111), qui sentent le dédain ? J'ignore moi-même si l'auteur de l'article est jeune ou vieux. Tout le monde sait que les comptes rendus des *Analecta* sont l'œuvre collective des Bollandistes ; et quand l'article en question serait l'œuvre du plus jeune des six, il va de soi que sa prose ne paraît pas sans l'assentiment de ses collègues. Pourquoi encore « nuovi Bollandisti »? Cela semble bien la traduction du « néo-Bollandistes » de M. A. Loth, à qui M. Fonse-grive a demandé à cette occasion en quoi les Bollandistes étaient plus « néo » que les Jésuites des *Etudes* (1).

L'assentiment des Bollandistes à mes travaux pèse au P. S. S. ; il ne le dissimule pas : « Sono parole... che si dispiace sieno uscite dalle labbre di un Bollandista » (p. 99) ; mais, comme il a réponse à tout, les assertions extraites de Papebroeck ne lui semblent pas s'appliquer au cas du Suaire : celui-ci a été authentiqué par les évêques et les papes du xvi⁰ siècle, qui valent bien Henri de Poitiers, Pierre d'Arcis et Clément VII. Les Bollandistes voient « une bonne œuvre » dans « la campagne scientifique courageusement entreprise par » moi « contre les prétentions de ceux qui s'obstinent à présenter le S. Suaire de Turin comme une relique authentique, malgré l'évidence des preuves dont on les a accablés » (2).

(1) *La Quinzaine* (1900, t. XXXVII, p. 15) : « Il n'est pas permis de discuter les fantaisies historiques et photographiques de M. Arthur Loth, mais on s'indigne si on apprend que les Bollandistes se moquent de lui. »

(2) *Analecta Bollandiana*, 1900, t. XIX, p. 350. Le P. S. S. peut en prendre son parti : il ne divisera pas les Bollandistes sur la question du Suaire ; les « anciens » pensaient avant sa brochure et penseront après comme les « jeunes ». — Les catholiques sont fiers à juste titre des travaux des Bollandistes, mais il existe à leur endroit une équivoque que je serais bien aise de contribuer à faire disparaître. Ces dernières semaines, nos petites feuilles religieuses ont reproduit une note sur le jubilé sacerdotal du R. P. de Smedt, « senior » des Bollandistes. On y lit : « Son livre capital, les *Principes de la critique historique*, est un chef-d'œuvre que toute l'Europe savante a salué de ses unanimes acclamations ». Le rédacteur de la note — un jésuite, ce semble — a lu, j'aime à le croire, ce livre et en partage les *principes*. Mais peut-on en dire

Pour le P. S. S. cette œuvre est « tutt' altro che buona » (p. 111). L'article du chanoine Lalore aurait dû rester enfoui dans la poussière des bibliothèques (p. 71). Même avec la certitude de la fausseté du Suaire, j'aurais dû me borner à faire part de mes scrupules à l'archevêque de Turin ou au Saint-Siège (p. 112). Mais pourquoi le P. S. S. n'a-t-il pas agi ainsi, en sens inverse ? Serait-ce donc toujours une mauvaise action de détruire la créance à une relique fausse et une excellente d'en soutenir l'authenticité ? En fait, ces recherches sont du domaine de la science critique et il est loisible à tout chrétien de scruter le passé historique des reliques, sauf à y mettre la forme convenable.

Pour en finir avec l'autorité des Bollandistes, il y avait là une question de simple bon sens, qui n'aurait pas dû échapper à un homme d'expérience comme le P. S. S. : l'opinion d'un ensemble de religieux, adonnés ex-professo à la recherche et à l'étude critique des faits hagiographiques, bénéficiant des traditions presque trois fois séculaires de leurs prédécesseurs, prévaudra toujours, aux yeux des lecteurs dont la passion « hyperconservatrice » des reliques ne trouble pas la vue, contre l'opinion individuelle même d'un jésuite comme le P. S. S., que ses travaux antérieurs n'avaient nullement préparé à ces études spéciales et délicates.

Ne pouvant nier l'approbation formelle des Bollandistes, mon contradicteur exprime un regret : pourquoi, après avoir dit que mon dernier travail a été lu à la Sorbonne, n'ai-je pas indiqué quel accueil lui avait été fait ? (p. 111). Dans sa simplicité ignore-t-il donc que la modestie la plus élémentaire m'interdisait de me faire l'écho des applaudissements unanimes qui éclatèrent à la fin de ma lecture et auxquels participèrent des sommités de la science ? Ce sont choses qu'on laisse dire aux autres (voir plus haut, p. 3), mais dont on doit personnellement s'abstenir.

autant de la rédaction de ces feuilles ? il y a lieu d'en douter. Quant aux jésuites eux-mêmes, — est-ce blâme ou louange de leur trouver plus d'esprit de corps qu'aux autres ordres ? — ils sont très glorieux de leurs confrères de Bruxelles. Mais pour ce qui est de donner tous un plein assentiment aux *Principes de critique* du P. de Smedt, c'est une autre affaire. Ainsi l'ex-P. Jules ROMETTE témoigne, dans ses *Mémoires véridiques* (Bollène-la-Croisière, 1901) d'une crédulité robuste à l'égard des dévotions, pèlerinages, miracles, légendes et apparitions ; mais arrivé à Bruxelles, il ne laisse pas échapper l'occasion de faire un éloge bien senti des « Bollandistes, dont les derniers... soutiennent avec honneur la grande réputation de leurs devanciers. »

Il est une question subsidiaire, où l'authenticité du Suaire n'a rien à voir, mais qui sera caractérisque pour montrer combien son dernier historien est passionné. J'ai écrit que le joyau de la collégiale de Lirey devint « illégitimement la propriété des ducs de Savoie » (p. 58). Cette affirmation repose sur deux faits : 1° il a été donné (à titre plus ou moins onéreux) au duc Louis et à sa femme, Anne de Lusignan, par Marguerite de Charny, qui en était dépositaire, et non propriétaire ; 2° les princes savoyards n'on jamais fait servir la rente (minime) acceptée par les chanoines comme compensation à la perte de leur « sanctuaire. » Cette accusation de mauvaise foi a eu le don d'émouvoir le loyalisme piémontais du P. S. S. (p. 107-8). Il ergote et se débat vainement contre les textes. On est, dit-il, possesseur de mauvaise foi, quand on acquiert d'une personne que l'on sait ou suppose n'être pas vraie propriétaire : or...; donc.... Mettons que le duc ait été acquéreur de bonne foi en 1452 : en traitant avec les chanoines, il a reconnu leur droit et en négligeant de solder la rente convenue comme représentant le prix de l'objet, il est devenu possesseur de mauvaise foi. *Abyssus abyssum invocat.* Le besoin de l'argumentation et le désir immodéré de justifier ses princes fait nier par le P. S. S. que les chanoines de Lirey fussent les véritables propriétaires du Suaire. Sans s'arrêter à épiloguer comme lui sur certaines expressions, il suffit de relire le récépissé d'Humbert de La Roche (omis parmi les « documenti » du nouvel éditeur) pour voir clairement qu'il prenait le Suaire en dépôt : on ne prend pas en *dépôt* et on ne promet pas de restituer un objet dont on est soi-même le légitime propriétaire (1). Et toutes les sentences obtenues devant diverses juridictions contre la dame de Charny, ne mettent-elles pas en aussi resplendissante lumière le droit de propriété des chanoines ? Quand, enfin, Marguerite restitua par provision les autres reliques, que fit-elle, sinon s'acquitter d'une dette (2) ? Tout

(1) « ..... Avons receu par la main de nos amez chappelains ..... les choses qui s'ensuivent ..... ; avons prins et receuz en garde ..... et promectons ..... de les restituer et bailler ..... » (*Etude*, p. xxj-ij).

(2) Le P. S. S. n'a pas compris le sens des mots « faire avoir ausd. venerables lectres et bulles de nostre sainct pere le Pape.... et le consentement de ... mgr l'evesque de Troyes » contenus dans le document U ; cela ne signifie pas que les chanoines désiraient « avere nelle mani quelle autorizzazioni » soi-disant déjà accordées à Marguerite (p. 108), mais d'obtenir eux-mêmes la permission de faire une cession interdite par les canons.

s'accorde à prouver que ces joyaux, le Suaire compris, n'étaient
pas « cosa della sua casa » (p. 108) (1).

Ce zèle pour l'honneur de la maison de Savoie peut paraître
étrange. Sans avoir à s'en rapporter au témoignage d'autrui,
comme Pierre d'Arcis, le R. P. peut savoir qu'il y a eu naguère
un roi de Sardaigne, dirigé par un ministre, « d'une profondeur
d'esprit incroyable » et d'une non moins étonnante absence de
scrupules. Après avoir fomenté des troubles, sans prétexte ni pro-
vocation, dans l'Italie centrale et dépossédé ses petits princes, il
s'empara du royaume de Naples et finalement des Etats de l'Eglise
et de Rome, où ses généraux entrèrent de force par la « porta Pia.»
Le digne religieux n'ignore pas les foudres lancées de tout temps
par l'Eglise contre ses spoliateurs ; le pape actuel a soin de re-
nouveler ses protestations contre un état de choses qu'il déclare
aussi contraire aux besoins de l'Eglise qu'à ses droits acquis. Avec
quelle complaisance, cependant, l'auteur énumère les princes et
princesses qui ont vénéré le Suaire à la première ostension de
1898 : S. A. R. le duc d'Aoste, représentant le roi, le duc des
Abruzzes, le comte de Salem, le duc de Gênes, etc., etc. La messe
fut dite par le chanoine Lanza, « cappellano maggiore di S. M. »
(p. 136-7). Le R. P. devait être en bonne place pour les nombrer.
Quand on fait partie des « grenadiers » du pape, on doit assimiler
en tout sa cause à celle de l'Eglise et ne jamais broncher du poste
d'honneur assigné à sa « compagnie. » Les « distinguo » ne sont
pas ici de mise. Mais il paraît qu'en Italie une « mentalité » spéciale permet de singuliers accommodements ; l'*Italia reale ed una*
est devenue pour certains ecclésiastiques chose sacrée (2).

(1) Une autre preuve se tire de ce fait que les offrandes des fidèles étaient
la « propriété » des chanoines quand le Suaire était à Lirey et Marguerite se les attribuait durant ses pérégrinations. Leur procès n'eut pas d'autre
mobile.

(2) C'est dans l'*Italia reale, corriere nazionale* de Turin, qu'a paru un des
comptes rendus les plus vifs en faveur de *La S. Sindone ... difesa* (n° du
19-20 novembre 1901). L'auteur anonyme (c'est étrange de voir combien
redoutent de parler des reliques « con visiera alzata ») débute solennellement :
« Coloro che si argomentano di impugnare una qualsiasi verità di fatto che
già dal magistero infallibile della Chiesa abbia avuto riconoscimento e
approvazione. » J'augurais depuis longtemps qu'un jour ou l'autre on en
viendrait à invoquer le magistère infaillible de l'Eglise dans cette question
de fait historique. Il va sans dire qu'au sentiment du journaliste, le P. S. S.
m'a réfuté de telle façon que plus jamais personne n'osera reprendre les

Pour terminer la question des documents, il me reste à montrer que le P. S. S. a forcé le sens des textes en considérant comme favorables à l'authenticité du Suaire tous ceux qui sont postérieurs au xive siècle. La manière la plus impartiale et la plus frappante pour faire cette démonstration sera de réunir chronologiquement les termes mêmes dont le Suaire est qualifié dans les documents :

1389. Quidam pannus manufactus et in figuram vel similitudinem ac commemorationem sacri Sudarii, in quo pretiosissimum corpus Domini nostri Jesu Christi salvatoris, post ejus sanctissimam passionem involutum fuerat, artificialiter depictus.

1389. Le drap qui estoit en icelle église et dont les dites lectres font mention.

1389. Quemdam pannum artificiose depictum..., in quo subtili modo depicta erat duplex effigies unius hominis..., falso asserens et confingens illud esse proprium Sudarium quo Salvator noster Jesus Christus in sepulcro fuerat involutus, et in quo effigies tota ipsius Salvatoris cum vulneribus quæ pertulit remanserat sic impressa.

1390. Figura seu repræsentatio prædicta non est verum Sudarium Domini nostri Jesu Christi, sed quædam pictura seu tabula facta in figuram seu repræsentationem Sudarii.

traces de Calvin ; son livre répond à toutes les exigences de la critique scientifique moderne (ceci me rappelle, par opposition, que l'archevêque de Turin me reprochait d'avoir donné dans les intempérances de la critique moderne). En réponse à cette phrase calomnieuse : « Un ecclesiastico francese, non tanto sollecito della gloria di Dio, quanto di accrescere fama al suo nome presso i sedicenti filosofi e scienziati del secolo », je me bornerai à rappeler à son auteur deux textes de la Sainte Ecriture : « Nolite judicare [les intentions] ut non judicemini » (Matth., vii, 1) ; « Temerarius in verbo suo odibilis erit » (Eccli. ix, 25). Il n'est pas moins faux que j'aie porté la question du Suaire dans les journaux avant d'écrire mon premier opuscule ; j'ai laissé ce procédé aux partisans de l'authenticité. — En même temps paraissait dans La Vérité du 28 oct. 1901 un autre compte rendu. L'article (toujours d'un anonyme !) est triomphant : on démolit par demandes et par réponses mes arguments et même « les fameuses pièces — connues d'ailleurs depuis trois cents ans » (!) Citons deux ou trois phrases, qui feront apprécier le reste : « ... On a vu que le Suaire était à Constantinople au commencement du xiiie siècle : il n'a donc pu être peint au xive » ; « Henri de Poitiers... n'a laissé aucun écrit concernant ce qui s'était passé de son temps dans l'église de Lirey » (sait-on s'il n'y en avait point en 1389 ?) ; « argumentation serrée et démonstrative avec documents à l'appui » (lesquels antérieurs au xvie siècle ?) La conclusion, comme s'exprime la Semaine religieuse de Paris (art. cité), c'est que mes déductions sont « victorieusement réfutées ligne par ligne. » Arrivé à ce point de ma réplique, le lecteur sera sans doute convaincu que les morts ressuscitent encore.

1390. Quamdam figuram sive repræsentationem Sudarii Domini nostri Jesu Christi.

1418. Ung drap, ou quel est la figure ou representation du Suaire Nostre Seigneur Jesucrist.

1443. Reliques et sainct Suaire.... exprimées et déclarées (*dans la lettre précédente*).

1443. Reliques et joyaulx... le sainct Suaire.

1447. Du sainct Souaire.

1449. Quoddam linteum, in quo egregie miro artificio depicta fuerat forma corporis Domini nostri Jesu Christi, cum omnibus lineamentis singulorum membrorum, tamquam ex recentibus vulneribus et stigmatibus Christi pedes et manus et latus videbantur rubore sanguinolento intincti.

1449. Le sainct Suaire de Nostre Seigneur Jhesucrist.

1457. Sancti Sudarii.

1457. Sanctum Sudarium seu sanctuarium.

1458/9. Le sainct Suaire de Nostreseigneur Jhesucrist.

1464. Quoddam sacratissimum Sudarium, effigiem Salvatoris et Redemptoris nostri Jesu Christi repræsentans.

1464. Du Sainct Souaire.

1472/82. Le précieux et saint Suaire de Nostre Seigneur Jhesu Crist ou représentacion d'icellui (1).

1473. Quoddam jocale pretiosissimum, vocatum sanctissimum Sudarium nostri Salvatoris et Redemptoris Jesu Christi.

1473. De Sudario in quo Christi corpus fuit circumvolutum, cum fuit e cruce depositum, quod est apud duces Sabaudiæ.

1502. *Je conserve des doutes sur l'authenticité du document signalé dans mon* Etude crit. *(p. 45) et publié à nouveau par le P. S. S. (doc. B).*

Deux remarques suffiront pour mettre en évidence la force probante de cette série de textes : 1º Pour arriver à ses fins, le P. S. S. a été obligé de supprimer les documents de 1418 et 1449 *a*, sans alléguer de motifs contre leur authenticité (j'ai parlé plus haut de leur véracité) ; 2º il considère comme favorables à sa thèse les expressions « Sanctum Sudarium, Sainct Suaire » : toute relique est sainte de sa nature, sans être toujours originale ; les véroniques de nos églises sont toutes des « sainte Face ».

Le P. S. S. croit pouvoir établir que le Suaire de Turin est le linceul acheté par Joseph d'Arimathie et qui servit à transporter le corps du Sauveur du pied de la croix à la pierre dite de l'onction (p. 113-5). Il estime, à l'encontre du sentiment commun des

---

(1) Ce document, encore inédit, est une supplique des chanoines de Lirey au roi Louis XI (voir ma lettre à la *Vérité franç.* et au *Courrier des Alpes*, citée plus haut).

Pères (au dire de Suarez), que Jésus mourut sur la croix les reins entourés d'un « perizoma ». Comme ce linge figure, pour ceux qui ont des yeux de lynx, sur le Suaire (1), il s'ensuit que l'image se manifesta avant le lavement du corps, qui nécessita son enlèvement et n'eut pas lieu au pied de la croix (2). L'impression ou le portrait négatif se serait produit dans le court espace — 30 pas, 40 au plus — qui séparait la croix du sépulcre. L'auteur, ne se croyant pas autorisé à recourir au miracle dans une question historique (p. 115), suppose que le corps saignant aura laissé une empreinte sur tous les points où il a été en contact avec le lin (p. 122). Il y aurait bien des impossibilités à faire valoir contre cette explication ; je me borne à demander comment un ancien professeur de sciences physiques a pu croire à la possibilité d'un pareil phénomène : autre chose est une empreinte quelconque, autre chose un portrait, même négatif. Il n'avait qu'à tenter l'expérience sur un *sujet* bénévole. Elle a été faite par un médecin italien, le docteur P. CAVIGLIA. Le P. S. S. peut en voir les résultats dans le journal *Presente e Avvenire* (Roma, I⁰ an., p. 139) : c'est pitoyable. Et voilà comment on croit avoir démontré l'authenticité, la divinité du Suaire de Turin ! L'argument de la fin est digne de tous ceux qui précédent. La conservation de la relique à travers les siècles paraît à notre argumentateur plus extraordinaire : il doute qu'on puisse l'expliquer naturellement (p. 122) (3).

(1) Mgr COLOMIATTI avait déclaré qu'il n'y était pas (p. 31).

(2) L'auteur témoigne d'une grande confiance dans les *Révélations* de sainte BRIGITTE, approuvées par l'Eglise (pp. 118, 121). Je m'étonne que ni lui ni ses prédécesseurs de notre temps n'aient songé à faire valoir ce qui concerne le Suaire dans les *Méditations* d'Anne-Catherine EMMERICH *sur la douloureuse Passion de N.-S. Jésus-Christ* (traduction de l'abbé DE CAZALÈS, Paris, 1880, p. 315-6). Si toutefois on y a songé, son récit, fort circonstancié, aura eu le tort de ne pas cadrer avec la forme du Suaire de Turin. Elle a « vu l'original, un peu endommagé et déchiré en quelques endroits, honoré en Asie chez les chrétiens non catholiques » ; elle avait « oublié le nom de la ville, qui est située dans un pays voisin de la patrie des trois Rois. » Elle a « vu aussi, dans ces visions, des choses concernant Turin », qui n'était donc en possession que d'une des empreintes ou répétitions dont elle a parlé plus haut. On répondra sans doute que ces révélations n'ont pas reçu l'approbation de l'Eglise ; soit, mais si elles étaient favorables aux prétentions de Turin ?

(3) Comme tout doit être extraordinaire dans cette conservation, on n'est même pas d'accord sur les dimensions du Suaire : en 1868 on lui trouva 4ᵐ10 sur 1ᵐ40 ; en 1898, 4ᵐ 36 sur 1ᵐ10.

J'ai dit que le Christ du Suaire n'avait ni le galbe du premier siècle, ni le type oriental. En cela je me serais trompé, au sens du
P. S. S., puisqu'il est identique à l'image envoyée par N.-S. au
roi d'Edesse Abgar Oukâma et conservée à Gênes. Le comte Riant
avait chargé un peintre de lui en faire une reproduction et en
donna une copie au R. P. Or cette copie a été rebelle aux photo-
graphes ; donc le Suaire de Turin n'est pas une peinture (p. 145).
Risum teneatis... Si le P. S. S. veut s'édifier sur le degré de
créance que mérite l'image d'Edesse, il trouvera tous les documents sur la question, au nombre de 110, dans le livre (que je lui
ai reproché de ne pas connaître) de M. Ernst von Dobschütz,
Christusbilder (pp. 102-96, 158*-249*, 29**-156**).

Le R. P. décline ma proposition de soumettre un coin du
Suaire à une analyse chimique, qui permettrait peut-être d'apprécier s'il y a des traces de sang ou de peinture : ce serait à la fois
inconvenant et inutile : inconvenant, la conviction des évêques
et des fidèles étant bien arrêtée sur sa qualité d'original ; inutile,
car le sang ancien ne donnerait pas de résultat (p. 147). Soit pour
cette dernière raison, mais l'application d'un réactif nous édifie-
rait dans un sens ou dans l'autre sur la question du peintre.

Et la question photographique, me dira-t-on ? N'ayant aucune
compétence personnelle en cette matière, et en présence des explications discordantes — celle de M. A. Loth n'est pas celle du
P. S. S., et celle du R. P. ne sera pas celle de M. Vignon, — je
me borne à répéter que j'adhérerai à la solution qui obtiendra
l'assentiment de l'Académie des sciences de Paris, — puis-je espérer que mes adversaires feront la même promesse ? — mais avec
la conviction inébranlable qu'on n'arrivera pas à contredire les
documents des xive et xve siècles.

Au demeurant, le R. P. Sanna Solaro doit être un brave
homme, dont le ton est modéré et bienveillant, comme il sied à
un vieillard : « Permetta, ill.mo signor Canonico, che le esprimi-
amo qui per la seconda volta la nostra ammirazione pel vasto
corredo di conoscenze di cui Ella ha arricchita la sua mente, per
cui la teniamo per uno degli uomini più eruditi della Francia »,
dit-il à la p. 109, sauf à me faire remarquer que la critique, dont
j'ai dû faire preuve dans mes autres ouvrages, est totalement
absente de ceux sur le Suaire. Convaincu d'avoir renversé de fond
en comble mon échafaudage de preuves, il ne termine pas son

œuvre sans éprouver un sentiment de satisfaction ; il espère que le Ciel le bénira et qu'il sera du moins récompensé de ses bonnes intentions. Que cette douce perspective adoucisse l'amertume que lui causera la nullité scientifique, maintenant étalée au grand jour, de sa prétendue réfutation. Je me plais à regretter qu'il ait abandonné sur le tard les travaux de physique qui ont occupé une partie de son existence et fait sans doute son bonheur. Il n'était pas « né » pour la critique historique.

Pour conclure, à l'effet de défendre efficacement l'authenticité du Suaire de Turin, le R. P. Sanna Solaro avait à prouver : 1° qu'il se rattache au Calvaire par une série de documents, le visant spécialement et non les autres linges analogues : on n'a découvert *aucun* document de ce genre et on a cherché à tirer parti des chroniques à l'aide de pures conjectures, transformées au cours de la démonstration en certitudes ; 2° que le mémoire de Pierre d'Arcis et les bulles de Clément VII sont faux ou erronés : on s'est borné à déprécier sans raison leur valeur morale et l'autorité de leur témoignage, et à faire valoir contre eux des subtilités indignes de la science de l'histoire. J'ai donc le droit de coucher en paix sur le champ de bataille, avec la confiance que le monde savant me maintiendra son adhésion.

Romans, 30 décembre 1901.

Imp. Jules Céas et fils. Valence et Paris.

www.ingramcontent.com/pod-product-compliance
Lightning Source LLC
Chambersburg PA
CBHW071255210626
46818CB00013B/1451